建筑奇葩

——北京奥运会主体育场鸟巢建成

于 杰 编写

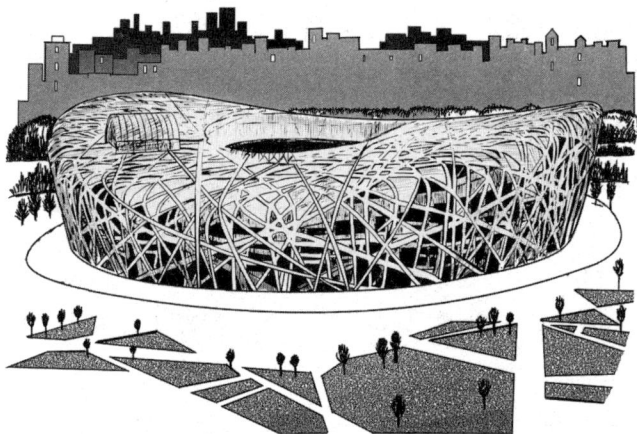

吉林出版集团股份有限公司

图书在版编目（CIP）数据

建筑奇葩：北京奥运会主体育场鸟巢建成/于杰编. —

长春：吉林出版集团股份有限公司，2009.12

（共和国故事）

ISBN 978-7-5463-1856-1

Ⅰ . ①建… Ⅱ . ①于… Ⅲ . ①纪实文学 – 中国 – 当代 Ⅳ . ①I25

中国版本图书馆 CIP 数据核字（2009）第 237697 号

建筑奇葩——北京奥运会主体育场鸟巢建成

JIANZHU QIPA　　BEIJING AOYUNHUI ZHU TIYUCHANG NIAOCHAO JIANCHENG

编写　于杰

责任编辑　祖航　李娇　关锡汉

出版发行　吉林出版集团股份有限公司

印刷　三河市嵩川印刷有限公司

版次　2010 年 1 月第 1 版　　2022 年 1 月第 9 次印刷

开本　710mm×1000mm　1/16　　印张　8　字数　69 千

书号　ISBN 978-7-5463-1856-1　　定价　29.80 元

社址　吉林省长春市福祉大路 5788 号

电话　0431 – 81629968

电子邮箱　tuzi8818@126.com

版权所有　翻印必究

如有印装质量问题，请寄本社退换

前　　言

　　自 1949 年 10 月 1 日中华人民共和国成立至今,新中国已走过了 60 年的风雨历程。历史是一面镜子,我们可以从多视角、多侧面对其进行解读。然而有一点是可以肯定的,那就是,半个多世纪以来,在中国共产党的领导下,中国的政治、经济、军事、外交、文化、教育、科技、社会、民生等领域,都发生了深刻的变化,中国人民站起来了,中华民族已屹立于世界民族之林。

　　60 年是短暂的,但这 60 年带给中国的却是极不平凡的。60 年的神州大地经历了沧桑巨变。从开国大典到 60 年国庆盛典,从经济战线上的三大战役到经济总量居世界第三位,从对农业、手工业、资本主义工商业的三大改造到社会主义市场经济体制的基本确立,从宜将剩勇追穷寇到建立了强大的国防军,从废除一切不平等条约到独立自主的和平外交政策,从"双百"方针到体制改革后的文化事业欣欣向荣,从扫除文盲到实施科教兴国战略建设新型国家,从翻身解放到实现小康社会,凡此种种,中国人民在每个领域无不留下发展的足迹,写就不朽的诗篇。

　　60 年的时间在历史的长河中可谓沧海一粟。其间究竟发生了些什么,怎样发生的,过程怎样,结果如何,却非人人都清楚知道的。对此,亲身经历者或可鲜活如昨,但对后来者来说却可能只是一个概念,对某段历史的记忆影像或不存在,或是模糊的。基于此,为了让年轻人,特别是青少年永远铭记共和国这段不朽的历史,我们推出了这套《共和国故事》。

《共和国故事》虽为故事,但却与戏说无关,我们不过是想借助通俗、富于感染力的文字记录这段历史。在丛书的谋篇布局上,我们尽量选取各个时代具有代表性或深具普遍意义的若干事件加以叙述,使其能反映共和国发展的全景和脉络。为了使题目的设置不至于因大而空,我们着眼于每一重大历史事件的缘起、过程、结局、时间、地点、人物等,抓住点滴和些许小事,力求通透。

历史是复杂的,事态的发展因素也是多方面的。由于叙述者的视角、文化构成不同,对事件的认知或有不足,但这不会影响我们对整个历史事件的判断和思考,至于它能否清晰地表达出我们编辑这套书的本意,那只能交给读者去评判了。

这套丛书可谓是一部书写红色记忆的读物,它对于了解共和国的历史、中国共产党的英明领导和中国人民的伟大实践都是不可或缺的。同时,这套丛书又是一套普及性读物,既针对重点阅读人群,也适宜在全民中推广。相信它必将在我国开展的全民阅读活动中发挥大的作用,成为装备中小学图书馆、农家书屋、社区书屋、机关及企事业单位职工图书室、连队图书室等的重点选择对象。

编　者
2010 年 1 月

一、规划设计

二、施工建设

三、建成使用

目 录

一、规划设计

● 刘淇希望来自世界各地的设计师创作出令世界叹服的作品，为现代奥林匹克设计留下宝贵的遗产，也成为北京文化遗产的一部分。

● 由瑞士赫尔佐格和德梅隆设计事务所、奥雅纳工程顾问公司及中国建筑设计研究院设计联合体共同设计的"鸟巢"方案，引起了大家的注意。

● 关肇邺评价说："这个建筑没有任何多余的处理，一切因其功能而产生形象，建筑形式与结构细部自然统一。"

向全球征集设计方案

2002 年 10 月 25 日，北京市规划委员会面向全球正式发布征集 2008 年北京奥运会主体育场的设计方案。

奥运会作为一个国际化文化体育盛会，它的规划工作也是繁重庞大的，其中特别要求各项工作要充分体现国际化特点。

奥运会是全人类的盛会，它不仅吸引着世界上最优秀的运动员创造佳绩，而且，世界上最高明的建筑师也积极为之创造出最伟大的作品。

在这次征集活动中，包括世界建筑设计最高奖"普利茨克奖"得主在内的、全球许多最具实力的设计团队和最有才华的设计师，都参与了这次竞赛。

早在北京第二次申办奥运会的时候，全国人民的热情就已经被点燃了，社会各界不约而同地搞起了支持申奥"大签名"的活动，甚至有的活动达到了上千万人的程度。

与此同时，北京市委、市政府的主要领导出国访问，进行与"友好城市"之间的交流沟通。

在这个过程中，他们与各国的奥委会委员都进行了友好沟通。大家在交流中发现了一个问题，有相当一部分外国人对中国了解并不多，他们更无法理解中国普通老百姓对奥运的企盼和热情。

当北京市领导向他们讲述了中国社会各界对奥运的支持活动时，外国朋友都在惊讶之余，发自内心地表示赞叹。

他们说："除了中国，任何一个国家都不可能想象如此人数众多的签名。"

访问归来之后，北京市马上召开会议，大家在会议上更明确了一个认识：

> 举办奥运，关起门来是不行的，必须走向世界，让全世界人充分了解中国，而后接纳中国。

所以大家决定，作为北京奥运会主场馆的设计招标必须跨出国界，在全世界范围内进行招标。只有这样，才能更充分体现北京奥运的国际化。

同时还有另一层意思，这样可以弥补国内建筑设计水平与国际水平的差距，弥补国内没有大型奥运场馆设计经验的缺陷，迅速提升国内体育设施建筑设计水平。

2002年4月份，北京市计委成立了"奥运项目办公室"，专门负责奥运场馆和相关设施建设项目法人招投标的组织、协调，制定出各类招标相关文件，积极向国内外推介奥运场馆招标项目。

2002年6月，"科技奥运"智能交通系统技术开发与应用项目论证会在北京举行。论证会由科技部和全国智能交通系统协调指导小组办公室主办。

"北京'科技奥运'智能交通系统技术开发与应用"被列入国家"十五"科技攻关计划。其中包括奥运智能交通系统规划、智能交通管理系统、停车诱导系统、公交区域调度系统、西客站公交枢纽站运营调度管理与乘客信息服务系统和北京市综合交通信息平台等。

从 7 月 3 日至 5 日，北京市召开"北京 2008——奥林匹克设计大会"，专门研讨了"北京 2008 年奥运会的视觉形象是什么？"

7 月 3 日，北京奥组委主席、北京市市长刘淇在"北京 2008——奥林匹克设计大会"开幕式上表示：

> 北京将通过宏伟壮观的形象和景观设计，与世界分享北京 2008 年奥运会的魅力，传达"新北京、新奥运"和"绿色奥运、科技奥运、人文奥运"的举办理念，向全世界展示北京和中国的悠久历史、灿烂文化和生机勃勃的今天，以及充满自信与希望的人民……
>
> 希望来自世界各地的设计师创作出令世界叹服的作品，为现代奥林匹克设计留下宝贵的遗产，也成为北京文化遗产的一部分。

北京奥组委执行主席、国家体育总局局长、中国奥委会主席袁伟民，国际奥委会市场开发委员会主席吉哈德·海博格等出席了这次会议。

与此同时，"北京2008——奥运会会徽设计大赛"也拉开了帷幕。

北京2008年奥运会形象与景观工程，共分三个阶段进行：

第一阶段为2002年到2003年，制订北京奥运会视觉形象与景观战略规划，完成奥运会标志设计。其中包括国家体育场的规划设计。

第二阶段为2004年到2006年，制订奥运会形象识别标准、完成奥运会吉祥物设计以及其他主题设计。

第三阶段为2006年到2008年，制订形象市场开发计划、完成场馆和城市景观布置方案及运行计划与实施。

截至7月3日17时，北京奥林匹克公园和五棵松文化体育中心规划设计方案征集活动结束。

北京规划委共收到89个规划设计方案。

7月16日至26日，在北京国际会议中心对所有89个方案进行公开展览，并组织公众投票选出各自喜爱的方案。

2002年10月，北京奥组委向全球公开发布奥运项目资格预审和意向征集文件。同时，北京《国家体育场建筑概念设计方案》举行国际竞赛。

国家体育场是第一个进入建筑设计程序的北京奥运场馆设施。

据北京市规划委介绍，国家体育场建筑概念设计竞赛分为两个阶段，第一阶段为资格预审，第二阶段为正式竞赛。

截止到 2002 年 11 月 20 日，竞赛办公室共收到 44 家著名设计单位提供的有效资格预审文件。

评审委员会经过对参赛设计单位或联合体的资格审查，最终确定了 14 家设计单位进入正式的方案竞赛。

这些设计单位分别来自中国、美国、法国、意大利、德国、澳大利亚、日本、加拿大、瑞士、墨西哥等国家和地区。

其中有 7 家独立参赛单位和 7 家联营体，他们共同参加了概念设计方案的角逐。

2003 年 3 月 18 日，最终参与竞赛的全球 13 家具有丰富经验的著名建筑设计公司及设计联合体，将他们理想中的中国国家体育场的壮丽构想送抵北京。

13 个设计方案中，境内方案 2 个、境外方案 8 个、中外合作方案 3 个。

"鸟巢"方案引起广泛关注

2003 年 1 月至 2 月，评审委员会对 7 份国家体育场项目法人申请文件进行评审推荐，并报市政府批准，确定了 5 名国家体育场项目合格申请人，进入项目法人招标的第二阶段。

奥运场馆的建设不仅在投融资机制上体现了勤俭办奥运的原则要求，也从工程规划和设计上，为场馆的赛后利用，考虑了充分的空间和功能。

此外，奥运场馆工程建设工作，都是在北京奥组委监督委员会和社会各界的严密监督下，按国际惯例进行的。特别是其中的招标工作，集中体现了"公开、公正、透明"的指导思想在实际工作中的应用，充分表现了北京要将 2008 年奥运会办成一届"阳光奥运"和"廉洁奥运"的决心。

在评审委员会收到的众多设计方案中，由瑞士赫尔佐格和德梅隆设计事务所、奥雅纳工程顾问公司及中国建筑设计研究院设计联合体共同设计的"鸟巢"方案，引起了大家的注意。

2003 年 1 月，李兴钢出任国家体育场"鸟巢"的中方总设计师。他是中国建筑设计研究院副总建筑师，毕业于天津大学建筑系，1998 年赴法国留学。

規划设计

李兴钢在 15 年的建筑设计生涯中，曾荣获英国世界建筑提名奖、亚洲建筑推动奖、中国建筑艺术奖等 20 多项国际、国内奖项。

国家体育场的竞标方案是中国建筑设计研究院与瑞士赫尔佐格和德梅隆公司联手共同设计的，整个设计工作是在瑞士完成的。李兴钢作为中方的代表被派驻到瑞士，配合对方的工作。

李兴钢说：

当初设计的构思是什么呢？我们很多的时间都在讨论体育场外罩的结构，最后我们找到了这样一种编织式的结构，它有点像自行车辐条的编织情况，48 根大梁沿着中间的开口相切，然后一下下向后编织起来。这样"鸟巢"的设计基本就完成了，一步步按照它的功能逻辑、结构逻辑、美学逻辑，达到一个由内到外的设计结构。并不是开始先看到一个"鸟巢"，然后决定做一个"鸟巢"的。

另外，在设计过程中，曾经有一个方案是东西两个方向高，南北两个方向低，是一个外形比较扁长的形状，中间有一个窟窿。

当时讨论这个的时候，外方觉得挺满意。

而李兴钢提出了质疑，他说："那个形状有点像小孩的马桶盖，如果有这样一个联想的话，拿到中国会很危险，我们赢的可能，就会有变数。"

最终，那个设计被否定了，大家经过以后的推敲，得到最后"鸟巢"的形状。

"鸟巢"设计师瑞士的赫尔佐格说："过去，大多数体育场馆只是由工程师单纯地按照其功能和工艺来建造的。我们认为，奥运场馆应该更强调建筑的艺术、文化、公共性和社会性。"

赫尔佐格是瑞士著名建筑设计师，他与合作伙伴德梅隆一起曾经在 2001 年获得建筑界的最高奖项"普利茨克奖"。"鸟巢"方案也是他们一起合作的作品。

赫尔佐格说："这其中包含所有的评判标准，同时也从静止学标准来看，基于这样的原因，我们需要一个具体的形状，你们称之为的'鸟巢'的这个形状，使我们找到了灵感。你们还可以将其想象是一个巨大的容器，可以去承载更多的人，这也是选择这种特殊形状的缘由。"

鸟是人类的朋友，而且，它们能够自由地在蓝天上飞翔，象征着人类追求更快、更高、更强的精神。

有人曾对鸟的筑巢行为做过大量调查：地球上有 8900 多种鸟类。繁殖时少则产一卵，多则数十只。孵卵所需的时间又因种类而异，从 10 多天到几个月不等。

怎么能使这些鸟蛋在孵化中不致滚散，并且免受天敌的残害呢？筑巢！鸟巢是鸟类最安全可靠的"家"，是雏鸟最温馨的摇篮。

不管哪种鸟，营建一个巢都是一件十分浩大而艰巨的"工程"，要付出艰辛的劳动。

燕子、麻雀、喜鹊是人们熟悉的"邻居"，它们常在人类住宅的屋檐下、庭院园林的枝头上筑巢。

细心的鸟类学家做过精确的记录，一对灰喜鹊在筑巢的四五天内，共衔取巢材可达 666 次。

在城楼、寺庙等建筑物上营巢的楼燕，需要到远处的河泥滩上衔取小型螺，和入泥土、草棍、唾液等巢材，然后一点一点地堆砌成碗状的巢，足足需一周的时间。

楼燕的近亲金丝燕，唾液腺十分发达，能用纯粹的唾液建巢，唾液一遇风吹立即凝结干固，从而筑成半透明的小碗状巢窝。这种巢窝加工之后，就是我国自古闻名于世的珍贵补品燕窝。

世界珍禽犀鸟选择高大树干上的天然洞穴为巢址，建造一个囹圄巢。一对伴侣通力合作，雄鸟频频衔来泥土，雌鸟卧在洞内，从胃里呕出大量黏液掺入泥团，用它把树洞封得严严实实的，仅在前方留一个能伸出嘴的洞口。在整个孵育期间，雌鸟接受雄鸟的殷勤饲喂。

在鸟类进化的历史中，燕雀鸟类向不同的生态环境中适应辐射，形成多种生活方式和筑巢方式，可广泛地在地面、树洞、岩缝、水草、茎间、树杈上以及人类建筑物的窟窿里筑巢。

筑巢是鸟类繁殖活动中的一个显著特点。鸟类的繁殖一般开始于筑巢活动而结束于幼鸟离巢。鸟巢在鸟的生殖和发育中起着重要作用：

首先，鸟巢能防止卵滚散和使卵集成团堆状。保持卵成团堆状，对一次孵卵数较多的鸟类尤为重要，如果全窝卵都保持在亲鸟的身体下面，胚胎就可在亲鸟体温作用下进行发育。

其次，鸟巢利于雌鸟喂养雏鸟和躲避敌害。由于很多鸟类能把巢筑在非常隐蔽的地方，再加上有些伪装，使鸟巢较难被天敌发现。还有些鸟充分利用它们的飞行优势，把巢筑在悬崖绝壁上或高高的树梢细枝杈间，使得各种天敌即使发现了它们的巢，也可望而不可即。

看到"鸟巢"初步设计的人们说：

"鸟巢"这种形象正体现了"关爱大自然，关爱动物，人与自然和谐共处"的时代特色！

"鸟巢"方案投票脱颖而出

2003年4月，经过严格的评审程序和群众投票，由瑞士赫尔佐格和德梅隆设计事务所、奥雅纳工程顾问公司及中国建筑设计研究院设计联合体共同设计的"鸟巢"方案，设计新颖，结构独特，最终中选。

同时，国家体育场项目法人合作方招标文件正式发出。

在方案评审过程中，由中国工程院院士关肇邺和荷兰建筑大师库哈斯等13名权威人士组成的评审委员会对参赛作品进行严格评审、反复比较、认真筛选，经过两轮无记名投票，选出了三个优秀方案。

这三个方案分别是：由瑞士赫尔佐格和德梅隆设计所、奥雅纳工程顾问公司与中国建筑设计研究院组成的联合体设计完成的"鸟巢"方案、由中国北京市建筑设计研究院独立设计的"浮空开启屋面"方案、由日本株式会社佐藤综合计画与中国清华大学建筑设计研究院合作设计的"天空体育场"方案。

在此基础上，评审委员会又以压倒多数票推选"鸟巢"方案为重点推荐实施方案。在讨论"鸟巢"方案时，共有八票赞成、两票反对、两票弃权、一票作废。

在国际建筑竞赛中，一个方案能获得如此多的共识，实属少见。

"鸟巢"形态如同孕育生命的"巢"，它更像一个摇篮，寄托着人类对未来的希望。设计者们对这个国家体育场没有作任何多余的处理，只是坦率地把结构暴露在外，因而自然形成了建筑的外观。

为征求公众意见，竞赛组织单位又将全部 13 个设计方案在北京国际会议中心公开展出，展出历时 6 天。

其中，被中外评委重点推荐的"鸟巢"方案获票 3506 张，"浮空开启屋面"获票 3472 张，"天空体育场"获票 3454 张。

"鸟巢"又一次名列第一，这充分表现出观众与评委在相当程度上的认同。

经决策部门认真研究，"鸟巢"最终被确定为 2008 年北京奥运会主体育场，即中国国家体育场的最终实施方案。

国家体育场坐落在奥林匹克公园中央区平缓的坡地上，场馆设计如同一个容器，高低起伏变化的外观缓和了建筑的体量感，并赋予了戏剧性和具有震撼力的形体。国家体育场的形象完美纯净，外观即为建筑的结构，立面与结构达到了完美的统一。

结构的组件相互支撑，形成了网格状的构架，它就像是用树枝编织的鸟巢。体育场的空间效果既具有前所未有的独创性，却又简洁而典雅，它为 2008 年奥运会树立了一座独特的历史性的标志性建筑。

体育场就像一个巨大的容器，不论是近看还是远观，都将给人留下与众不同的、永不磨灭的印象。它完全符合国家体育场在功能和技术上的需求，又不同于一般体育场建筑中大跨度结构和数码屏幕为主体的设计手法。

人们可以浏览包括通往看台的楼梯在内的整个区域线。

体育场大厅是一个室内的城市空间，设有餐厅和商店，其作用就如同商业街廊或广场，吸引着人们流连忘返。

"鸟巢"外形结构主要由巨大的门式钢架组成，共有24根桁架柱，顶面呈鞍形，长轴为332.3米，短轴为296.4米，最高点高度为68.5米，最低点高度为42.8米。

整个体育场结构的组件相互支撑，形成网格状的构架，其灰色矿质般的钢网以透明的膜材料覆盖，其中包含着一个土红色的碗状体育场看台。

在这里，中国传统文化中镂空的手法、陶瓷的纹路、红色的灿烂与热烈，与现代最先进的钢结构设计完美地相融在一起。

整个建筑通过巨型网状结构联系，内部没有一根立柱，看台是一个完整的没有任何遮挡的碗状造型，如同一个巨大的容器，赋予体育场以不可思议的戏剧性和无与伦比的震撼力。

这种均匀而连续的环形，也将使观众获得最佳的视野，带动他们的兴奋情绪，并激励运动员向更快、更高、更强冲刺。在这里，人，真正被赋予了中心的地位。

许多看过"鸟巢"设计模型的人形容说："那是一个用树枝般的钢网把一个可容10万人的体育场编织成的一个温馨的鸟巢！用来孕育与呵护生命的'巢'，寄托着人类对未来的希望。"

评审委员会主席关肇邺评价说："这个建筑没有任何多余的处理，一切因其功能而产生形象，建筑形式与结构细部自然统一。"

评审委员会和许多其他建筑界专家都认为，"鸟巢"将不仅为2008年奥运会树立一座独特的历史性的标志性建筑，而且在世界建筑发展史上也将具有开创性意义，将为21世纪中国和世界建筑的发展提供历史见证。

"鸟巢"还被《泰晤士报》评为全球在建"最强悍"工程。

"鸟巢"设计之初和深化设计的过程中，一直贯穿着节俭办奥运和可持续发展的理念，在满足奥运使用功能的前提下，充分考虑永久设施和临时设施的平衡。

按照要求，"鸟巢"共设10万个座席，其中8万个是永久性的，另外两万个是奥运会期间临时增加的。

在此基础上，设计中将"鸟巢"的功能与周围地区日后定位乃至整个城市的中长远发展规划结合起来考虑。

根据已确定的规划方案，"鸟巢"所在的奥林匹克公园中心区，在奥运会后将成为一个集体育竞赛、会议展览、文化娱乐、商务和休闲购物于一体的市民公共活动中心。

作为北京奥运会主体育场，"鸟巢"将成为北京的标志性建筑之一，在相当长时期内，也将成为参观旅游的热点地区。

同时，"鸟巢"在设计建设中，还在场地和空间的多功能方面下了很大功夫，以提高场馆利用效率。除能够承担开幕、闭幕和体育比赛外，还将满足健身、商务、展览、演出等多种需求，为成功实施"后奥运开发"奠定坚实基础。

作为北京奥运会主体育场，国家体育场"鸟巢"将采用太阳能光伏发电系统。

"绿色奥运、科技奥运、人文奥运"是北京奥运的三大主题，此次尚德太阳能光伏发电系统落户"鸟巢"，将清洁、环保的太阳能发电与国家体育场融为一体。这不仅是对北京奥运会三大主题的极好体现，同时，对于提倡使用绿色能源、有效控制和减轻北京及周边地区大气污染，倡导绿色环保的生活方式将起到积极的推动作用和良好的示范效应。

太阳能光伏发电系统技术处于世界先进水平，该太阳能发电系统是由无锡尚德太阳能电力有限公司自主研发，并向国家体育场独家提供，安装在国家体育场的12个主通道上，总投资1000万元人民币，总容量130千瓦，对国家体育场电力供应将起到良好的补充。

"鸟巢"的碗状座席环抱着赛场的收拢结构，上下层之间错落有致，无论观众坐在哪个位置，和赛场中心点之间的视线距离都在 140 米左右。

　　"鸟巢"的下层膜采用吸声膜材料，钢结构构件上设置的吸声材料，以及场内使用的电声扩音系统，这 3 层特殊装置，使"巢"内的语音清晰度指标指数达到 0.6。这个数字保证了坐在任何位置的观众都能清晰地收听到广播。

　　"鸟巢"的相关设计还运用流体力学设计，模拟出 9.1 万个人同时观赛的自然通风状况，让所有观众都能享有同样的自然光和自然通风。

　　"鸟巢"的观众席里，还为残障人士设计了 200 多个轮椅座席。这些轮椅座席比普通座席稍高，保证残障人士和普通观众有一样的视野。

　　观看比赛时，场内还将提供助听器，并设置无线广播系统，为有听力和视力障碍的人提供人性化的服务。

　　运动员通道的长度，运动员休息室的衣柜，观众厕所坑位的男女比例，媒体工作间里的引水点分布等等问题，也都成了相关部门的研究议题。

　　所有"鸟巢"的设计者、建设者们提出了一个目标："无论是设计施工还是内部装修，我们的一切出发点都是以人为本，以运动员的感受为准，以观众感官出发，以记者的要求衡量。"

　　除了"巢"内的以上设施，就连"鸟巢"的外观设计也充分体现了以人为本的思想。

"鸟巢"之所以是一个不完全封闭的，是因为这样的设计既能使空气自然流通，又能为观众和运动员遮风挡雨。

后来，在保持"鸟巢"建筑风格不变的前提下，新设计方案对结构布局、构建截面形式、材料利用率等问题，进行了较大幅度的调整与优化。

原设计方案中，屋顶由一系列自由轻巧的花瓣结构所构成，它可以根据各种不同的情况自由开合，来满足不同需要，半透明的材料使得遮阳和自然采光兼而有之，并能使屋顶随时敞开实现自然通风。

屋顶支撑是屋顶结构靠地面的一个部位，起的作用是为支撑全体结构并把死性、活性动力荷载分配到轨道结构上。屋顶结构可以通过机动化方式或电磁推进活动，充电磁铁使得屋顶支撑在轨道上无摩擦地漂浮及活动。

本来，滑动式的可开启屋顶是体育场结构中不可少的一部分。当它合上时，体育场将成为一个室内的赛场。如同一个容器的盖子，不管屋顶是闭合还是开启，它都是建筑物的基本组成部分。

在优化方案中，原设计方案中的可开启屋顶被取消了，屋顶开口扩大，并通过钢结构的优化，大大减少了用钢量。

大跨度屋盖支撑在24根桁架柱之上，柱距为37.96米。主桁架围绕屋盖中间的开口放射形布置，有22榀主桁架直通或接近直通。

为了避免出现过于复杂的节点，少量主桁架在内环附近截断。钢结构大量采用由钢板焊接而成的箱形构件，交叉布置的主桁架与屋面及立面的次结构一起形成了"鸟巢"的特殊建筑造型。

主看台部分采用钢筋混凝土框架，即剪力墙结构体系，与大跨度钢结构完全脱开。

"鸟巢"结构设计奇特新颖，而这次搭建它的钢结构的 Q460 钢材也有很多独到之处：Q460 钢材是一种低合金高强度钢，它在受力强度达到 460 兆帕时才会发生塑性变形，这个强度要比一般钢材大，因此生产难度很大。

这是国内首次在建筑结构上使用 Q460 规格的钢材。而这次使用的钢板厚度达到 110 毫米，也是绝无仅有的。在国家标准中，Q460 钢材的最大厚度也只是 100 毫米。以前这种钢一般从卢森堡、韩国、日本进口。

为了给"鸟巢"提供"合身"的 Q460 钢材，从 2004 年 9 月开始，河南舞阳特种钢厂的科研人员，就开始了长达半年多的科技攻关，前后三次试制终于获得成功。

2008 年，建设者们用 400 吨自主创新、具有知识产权的国产 Q460 钢材，撑起了"鸟巢"的铁骨钢筋。

另外，在"鸟巢"顶部的网架结构外表面还将贴上一层半透明的膜。

使用这种膜后，体育场内的光线不是直射进来的，

规划设计

而是通过漫反射，使光线更柔和，由此形成漫射光。还可解决场内草坪的维护问题，同时也有为座席遮风挡雨的功能。

体育场主体高度为 45 米，可以保证奥运绿地及组成部分不被遮挡，周边还设计了一些广场作为聚会和庆祝之用，并设计了能满足赛时需要的交通设施。

圆形的主体育场可以容纳 10 万名观众观看比赛，碗形的设计保证了良好的座席视线，内部流线的设计避免了各种不同流线之间的交叉和冲突。

国家体育场从更广的意义上来说，代表了"自然、科学和人类"的思索，它将成为北京的标志性建筑，并为人们提供自然的乐趣。

城建集团中标筑 "鸟巢"

2003 年 8 月 9 日，由北京城建集团有限责任公司参加的中国中信集团联合体中标北京 2008 年第二十九届奥运会的国家体育场建设项目。

中标的时候，北京城建集团有限责任公司党委书记、董事长刘龙华并不在北京。

当刘龙华得知他们中标后说，当时也没什么特别紧张的。只是觉得非常有信心，他认为他们的团队、他们的方案是最好的。

刘龙华后来说：

> 我不会以自己的弱项拼别人的强项，比如仅凭一己之力承担整个项目；我也不会与太多的企业组成联合体投标，那样的话我无法占到足够的份额；我要拿到建筑企业应该拿到的好处，之后与其他企业优势互补。这就是我们连连胜出的原因。

对于城建集团这样的每年开复工面积都在 1400 万平方米的建筑施工企业来说，应该不是问题。从施工难度上看，除了 "鸟巢" 项目有一定的挑战性，其他应该还都算是正常的施工难度。

刘龙华的理念就是，充分用好总承包商的身份。很快国外很多顶级的专业公司找上门来要与他们合作，要做他们的专业分包商。

刘龙华并不掩饰他的兴奋："我为这些项目投入的 10 亿换来的是什么？是价值 100 亿的工程总承包权！"

有人问刘龙华：此次奥运对北京城建来说意味着什么呢？

刘龙华说："肯定不只是接到了几个大工程，有活干那么简单。建筑企业从干活赚钱到靠资本运作赚钱，这是建筑企业的质的飞跃，也是北京城建集团乃至北京国有建筑企业有能力参与国际市场竞争的标志。"

刘龙华说："赢得众多奥运项目不仅有利于与建筑业同行的竞争，也有利于度过 2006 年的行业调整期，更重要的是，可以借助资本运作带动集团建筑施工，并借机进行企业调整和改革，从而区别于二级公司的竞争模式，使集团向现代化、资本运作型企业发展。"

2003 年 8 月，谭晓春被任命为北京城建集团国家体育场承包部经理。他带着几位同事，走进了北四环路安慧桥西的"鸟巢"工地。

当时，那里是一片野草的世界，草长得很高，挡住了他们远望的视线。一条窄窄的路隐隐约约显现在野草和灌木丛中。

只有那些仍然整齐地排列着，已经长得有一个人的环抱那样粗的行道树和草丛里破碎的柏油块，告诉人们这条荒芜的小路曾经是车水马龙的大道。

有2000多棵树散布在这个绿色的世界里，和树木野草为伴的，是一片被废弃的残破平房，还有一座尚算完好的别墅。

此外还有大堆的垃圾，足足有3层楼房那样高。

谭晓春带着他的先头部队，拨开一人多高的野草，开始在这块土地上测量、放线。最初的测量人员还是从国家大剧院工地借来的。

他们规划出围楼的位置、塔吊的位置、大门、现场道路、施工人员宿舍等临时建筑。原来的那座别墅则作为承包部的办公用房。

技术准备工作同时展开了，首要的是编制施工组织大纲。

2003年9月13日，北京城建集团国家体育场工程总承包部举行了第一次会议。当时才只有15个人，更多的人，集团领导还在陆续地选择、考查、抽调之中。

15个人全部到齐，会议部署了每个人下一步的任务。

谭晓春本不是一个善谈的人，也不是一个轻易流露感情的人，但在"鸟巢"的第一次会议上，他激动地讲了许多话。

谭晓春说："能来这儿工作的人员，很幸运。我们和将要加入我们这支队伍的人，作为国家体育场的建设者，肩负着祖国和人民的重托，有信心将国家体育场建设成

规划设计

为国内最好、世界一流的建筑，成为历史文化遗产。"

随后不久，第一批工人进驻施工现场。由于临时宿舍还没建好，他们就运来几十顶帐篷供施工人员居住。

大家马上热火朝天地干了起来，他们拆除建筑物，把珍贵的大树移植到别处，更多的树木则砍伐掉。

首先要清除掉垃圾和野草，仅草就拉了四五百车。每天四五十辆大型运输车排成长龙轮番拉草。

当时还没有水源，生活和施工用水全靠洒水车从自来水厂运来。

当时也没有电，为了抢工，工人夜里就用手电筒照着砌围墙。

2003年12月，李久林被任命为总工程师。当时李久林感到，自己和北京城建集团遇到了职业生涯中最大的一次挑战。

北京城建集团是一个有着特级建筑资质的国有企业，有着多年的工程建筑经验。但是，"鸟巢"不同于他们建造的任何建筑。

李久林曾经对人说："难，肯定是难，这个工程不光我觉得难，国内外的同行大家都觉得它的建造难度是非常大的。当看到图纸的时候，感到它与以往的工程完全不同。通过对图纸的深入了解，感觉有太多的问题是以前从来没有接触过的。而从有关资料看，国内外都没有接触过这么复杂、难度这么大的工程。"

北京城建国家体育场工程总承包部副总工程师邱德

隆也说："而且一开始的时候，说实在的，心里还是没有多少底的。"

当时，面对这样一片空旷的土地，谁也想象不出即将在这里建设的"鸟巢"到底是什么样的。

李久林已经记不清楚，为了编写大大小小的工程施工方案，他和他领导的团队成员在工地度过了多少个不眠之夜；为了论证方案，他们翻阅过多少资料，历经了多少次试验；为了选材，他们看过多少家工厂。

李久林说："作为一名建筑工程师，通过自己的努力来确保工程的建设完成就是自己最大的责任。"

作为一名建筑工程师，"为2008年奥运会奉献一项精品工程，为首都北京打造一座经典建筑，为世界留下新的建筑遗产"的职业目标，使李久林迎难而上，勇挑重担。他以科学求是的态度，带领项目技术团队，为工程的顺利建设提供了有效的技术保证。

为了使大家对"鸟巢"有一个直观的感受，工程师们严格按照"鸟巢"的设计图纸做了一个四分之一模型。

但是，模型做出来以后，大家才感到施工难度比他们之前预想的还要大。

邱德隆说："做完以后，原来在图纸上感觉想象就是复杂，但是没拿到这个模型之前，还是没有直观的感觉，做完以后一看，确实是挺复杂的。"

复杂，主要表现在"鸟巢"的不规则和无序。而恰恰就是这个无序和不规则，打破了传统的建筑手法，以往的建筑经验在这里是不起作用的。

李久林说："从图纸看，它又不像我们做的住宅，很多都是标准图、标准层，看一个楼层可能很多楼层都和它一样的，但是'鸟巢'不一样，可以讲没有一个楼层是一样的，在'鸟巢'成千上万个构件里，只有两根是完全一样的，剩下的全部不一样。"

不规则的设计带来的难度是可想而知的。

还有一个更加严峻的挑战是"鸟巢"建设者们必须面对的，那就是"鸟巢"的工期。

"鸟巢"计划于 2003 年 12 月 23 日破土动工，从这一天开始，"鸟巢"的施工就将进入倒计时阶段，所有的工程必须在 2008 年 3 月之前完成。

没有后路，没有回旋的余地，也就不允许失败。

针对"鸟巢"工程技术上的挑战性、工期上的紧迫性和管理上的复杂性等特点，北京城建集团组织制定了技术、质量与信息化管理等方面的规章制度 20 余项，主持编制了国家体育场工程施工组织设计大纲、施工组织总设计、钢结构安装施工设计等各类施工组织设计和施工方案 500 多项，策划组织了上百次专家技术论证工作。

大胆进行科技攻关

2003 年 12 月 4 日，霞光用玉色纤纤的手指，弹落了缀在天幕上的最后几颗辰星，北京城建集团国家体育场总承包部总工程师李久林，已经在将要施工的"鸟巢"工地周围转了一大圈儿。

每天清晨，李久林和同事们都要用一个小时左右的时间在这里转上一转，这已经形成了一个习惯。

总工程师办公室是在现场一个临时会议室里隔出的一个小"间"。由于施工占地，临设拆除，供电电缆移位，本来装了空调的房间因暂时断电而感觉很冷。

李久林走完一圈，他顺手从一堆图纸中摸出了一瓶矿泉水。因为当时正在改线，所以没有开水。

戴着一副近视镜的李久林，本来年龄不大，但却过早地谢顶，这位中国地质大学毕业的教授级高级工程师，当时只有 34 岁。

由于设计理念凸显"绿色奥运"，"鸟巢"在施工中有很多难题是独一无二的，在国际上没有现成的参考答案，只有依靠自己的科技创新独立解决。

有人问起"鸟巢"的难度到底有多大。

李久林说："施工技术的难点，来源于工程的特点。这个工程与别的工程最大的不同点在于，设计师追求的是杂乱无序、浑然天成的建筑结构造型，只是在图纸上画出了一个造型，甚至是一条条曲线，这种曲线不是用一个简单的数字函数就能够表现出来的，我们只能采用函数曲线去描出来。

"单就测量来说，难度就很大。传统的经纬仪不行，只能用全站仪进行监控。高峰期光全站仪就用了 11 台。这种全站仪也叫测量机器人，是国际上目前为止最先进的设备。除此以外，现场还应用了激光扫描仪，扫描结构并形成数据。"

特别是为确保国家体育场工程关注最高、技术难度最大的钢结构施工的顺利进行，身兼项目总工和钢结构分部副经理的李久林仅钢结构这一关键施工节点，就组织编写了 120 项施工方案，方案的总文字量达百万。

这 120 项施工方案，涉及全面而周密，如解决钢结构安全防护和防雷电等施工难题，不仅为高难度的"鸟巢"钢结构施工提供了全面关键的技术保障，也为其他类似工程提供了可供借鉴的成功经验。

在李久林的工作日记上，关于"鸟巢"的工程特点、技术难点，他记得密密麻麻：

……

上部结构体形庞大、构件倾斜，侧基础桩受力巨大、受力机理复杂、质量标准要求很高，并且存在抗压桩、抗拔桩、抗水平推力桩形式，桩基施工难度很大。

工程地下室外墙设计有 200 米长弧形墙，基础底板为片筏基础，不设伸缩缝，且国家体育场工程设计使用年限为 100 年，耐久性指标要求高……

混凝土框架结构存在大量异形构件……钢筋、模板、混凝土施工以及测控定位难度大，目前国内国际无先例可供借鉴……

外围存在大量跨 3 至 4 层超高斜柱，最大斜长达 21 米，且倾斜角度很大，采用常规模架形式极难实现。而且对于如此超长、斜度大、长细比大、配筋密集的斜扭柱，其钢筋骨架连接固定、混凝土浇筑难度极大。

钢结构工程由 48 榀拉通或基本拉通的门式钢架围绕碗形混凝土看台旋转而成，钢结构工程钢材材质绝大部分为 Q345D 和 Q345GJD 钢材……

设计采用的 Q460E－Z35 高强厚钢板实施难度极大……国内此强度级别的钢材属首次试制、首次批量生产并应用于建筑钢结构工程，正火状态交货钢材的碳当量最高达 0.48%；而且加工制作，现场安装单位均无成熟的施工经验可借鉴。

为了实现"鸟巢"的建筑造型，其顶面主

主、主次结构连接节点均为多向微扭空间节点，其立面次结构及组合柱顶部弯扭段大量采用了不规则空间弯扭的箱型构件，结构复杂多变、规律性少……

工程所有钢构件连接全部为焊接节点，且存在铸钢件的焊接多种形式，以及平焊、立焊、仰焊、高空焊接、冬季焊接等多种焊接工况，厚板焊接熔敷量大，温度控制和劳动强度要求高，焊缝外观、内在质量、焊缝等级要求高，焊接作业十分困难。

由于施工过程中结构本身因自重和温度变化均会产生变形，而且支撑胎架在荷载作用下易产生变形。且结构形体复杂，均为箱型断面构件，位置和方向性均极强，安装精度受现场环境、温度变化等多方面的影响，控制安装精度极难。因此各种构件的安装就位以及实现杆件最终的全面合龙难度很大。如此体型庞大、重量巨大、形状复杂的钢结构卸载在国内外均无先例。

膜结构工程由 ETFE 膜结构和 PTFE 膜结构两部分组成……ETFE 膜结构为单层张拉膜结构，在国内属于首次使用，在国际上为较新的工艺，无成功的施工经验可借鉴，膜材及膜结构工程最终验收，国内外均无成熟的检测手段……

　　"鸟巢"的很多技术难题，在世界上也是独一无二的。毕业于清华大学的刘龙华，天津大学和日本大阪大学联合培养的工学博士、北京城建集团总经理徐贱云，也都在思考着如何破解这些世界性的建筑难题。

　　针对国家体育场工程由于十分独特的设计特点而带来的极为复杂的施工技术，北京城建集团优中选优，抽调了各专业领域的优秀人才，老中青结合，组成"鸟巢"建设的"智囊团队"。

　　集团公司总工程师、钢结构专家张从思，集团公司原副总工程师、机电专家石善友，集团公司副总工程师、土建专家李清江，都奉命来到国家体育场工地。

　　除了李久林、邱德隆外，杨峻峰、杨庆德、张义昆等一大批青年专家也扛着铺盖卷到"鸟巢"扎下营盘。

　　刘树屯、周文瑛、鲍广鉴、郭彦林、张其麟、关忆茹、刘子祥、戴为志、金虎根等，这些在设计、计算、科研、安装、焊接、钢结构等领域有高深造诣的专家，也被聘请为"鸟巢"施工的专家顾问。

　　集团公司为支持"鸟巢"的自主创新，从本部科研经费中抽出 200 万元，作为"鸟巢"的科研经费。

　　专家组通过信息查询和检索，发现"鸟巢"很多施工技术难点在国际上都没有可参照的数据和先例。为破解这些技术难题，专家组联合冶金建筑研究院、中国建

规划设计

031

筑工程研究院以及清华大学等科研院校设立科研课题，开展科技攻关。

针对"鸟巢"的技术难题，14个课题组成立了。

解决技术难题，难在工程应用之前技术准备必须到位，而且应用技术必须成型。哪个课题在投入生产之前不攻破，哪个部位的施工生产就要停下。

在这里，科技先行体现得最为直接。"鸟巢"的科技科研攻关必须超前研究。因为工期后门关死，绝不能因为技术方案还在研究中，使工程停顿下来。

为实现对国家体育场工程科技攻关工作实行系统化管理，圆满地完成各级科技立项课题的研究工作，及时有效地指导工程施工，国家体育工程总承包部又统一制订了科技攻关计划，并下发至各课题组，将项目落实到课题负责人。

由于科技先行，"鸟巢"施工中的一个个技术难题被攻破了，既保证了施工生产的顺利进行，又完成了一大批科技科研项目。

二、 施工建设

● 刘淇说："举世瞩目的国家体育场将是展示
  新世纪奥运会形象、凝聚国内外建筑设计工
  作者智慧的标志性建筑……"

● 徐贱云说："……提高认识，坚定信心，背
  水一战，一定要在10月底完成土建结构的
  施工任务，并确保9月底钢结构脚柱吊装。"

举行"鸟巢"开工奠基仪式

2003 年 12 月 24 日 9 时 15 分，国家体育场"鸟巢"举行开工仪式。

"鸟巢"的开工建设，标志着北京奥运会场馆建设工程的全面启动，同时也象征着中华民族为"百年奥运，中华圆梦"的历史画卷又写下了庄严而光辉的一笔。

中共中央政治局常委、全国政协主席贾庆林，中共中央政治局委员、北京市委书记、北京奥组委主席刘淇，市委副书记、市人大常委会主任于均波，市政协主席程世峨等出席了开工仪式。

北京市委副书记、代市长、北京奥组委执行主席王岐山主持开工仪式。

开工仪式现场布置得十分简朴、实用。蓝色天空下，数盏喜庆的大红灯笼高高挂起，数百面彩旗迎风招展，烘托出欢快而热烈的现场气氛，数十台施工车辆和机械整齐地排列着。

在仪式现场两侧，几百名工程建设者摩拳擦掌，跃跃欲试，只等投身热火朝天的建设工地。

刘淇在开工仪式上发表了热情洋溢的致辞。他说：

举世瞩目的国家体育场将是展示新世纪奥

运会形象、凝聚国内外建筑设计工作者智慧的标志性建筑，它的建设标志着北京奥运场馆建设全面展开，是北京筹办2008年奥运会工作的一个重要里程碑。

刘淇对大家提出要求：

国家体育场的建设是奥运场馆建设的重中之重。我们必须坚持与国力国情相适应的原则，以国际一流为标准，发扬艰苦奋斗的精神，按照勤俭办奥运的要求，严格审查工程设计，严格控制工程预算，严格装修标准，严把场馆质量关，按照公开、透明的原则，推进"阳光工程"，实现"廉洁奥运"，建世纪精品，让人民满意。

刘淇最后表示：

我们坚信，在党中央、国务院的正确领导下，有全国人民包括港澳同胞、台湾同胞、海外华侨华人及国际友人的大力支持，我们一定能够实现向国际社会做出的庄严承诺，一定能够举办历史上最出色的一届奥运会。

2008 年奥运会期间，国家体育场承担开幕式、闭幕式、田径比赛、男子足球决赛等重大活动和重要赛事。

奥运会后，它将成为体育比赛赛场和多种非竞赛活动现场，也将成为市民参与体育和其他文娱活动的大型专业场所。

国家体育场不仅体现出了鲜明的建筑特色，其建设运营模式也打破了以往政府投资、主管部门经营、财政补贴亏损的旧体制，探索出了一种大型社会公益项目投融资机制的全新模式。

北京市政府和北京奥组委制订的《奥运行动规划》对北京奥运场馆建设和投融资工作明确提出了"政府主导、市场化运作"的原则。

奥运场馆建设总投资约 20 多亿美元，其中，除奥组委出资 1.84 亿美元用于临时场馆建设和部分场馆的改扩建外，其余资金的筹措都将遵循这个原则。在保证必要的政府投资基础上，运用法律、政策和经济手段，对整个筹资和法人招标工作进行组织、引导、协调和监督。

借鉴历届奥运会成功的筹资经验，利用奥运会的品牌资源，运用国际通行的市场机制，广泛吸引国际、国内有实力、信誉高的投资者作为项目法人参与项目建设。

国家体育场的业主单位是由北京市国有资产经营有限责任公司和中信集团联合体共同组建的国家体育场有限责任公司。后者将获得国家体育场 30 年的特许经营权。

30 年后，北京市国有资产经营有限责任公司将代表政府收回国家体育场的经营权。

国家体育场全新投融资模式的运用，不仅标志着北京市在利用社会资金进行大型体育设施的建设和运营的尝试上又迈出了实质性的一步，而且为大多数奥运场馆的建设和运营机制提供了一个适用模式。

按照党中央、国务院要求，本着勤俭办奥运的原则，2008 年奥运会所需比赛场馆由《申办报告》中提出的 37 座调整为 35 座。

其中，北京地区共有 30 座，青岛、秦皇岛、沈阳、天津和上海因举办帆船赛和足球预选赛需用 5 座场馆。

北京的 30 座场馆中，安排新建 15 座，改扩建 11 座，建设临时场馆 4 座。

北京的比赛场馆大体分布在 4 个地区：

一是奥林匹克中心区，即奥林匹克公园，该区集中新建和改扩建的国家体育场、国家游泳中心和国家体育馆在内的 10 座奥运场馆。

二是大学区，计划在北京大学、北京科技大学和中国农业大学等 4 所高校内各建一座场馆，同时扩建首都体育馆。

三是西部社区，以五棵松文化体育中心为主建设 7 座场馆。

四是北部旅游风景区，建设水上比赛、赛马等 3 个赛场。

另有 5 座场馆安排在其他地区新建和改扩建。

按照工作进度，2006 年年底之前，主要奥运场馆和设施建设将全面竣工。

中央有关部委领导孔丹、刘志峰、于再清、段世杰、李士林，北京市领导龙新民、尤兰田、翟鸿祥、刘敬民，北京奥组委领导蒋效愚、李炳华、王伟，北京市有关方面领导柳纪纲、刘晓晨等，出席了"鸟巢"开工奠基仪式。

开始实质性结构建设

2004 年 2 月，国家体育场百根基础桩完成，"鸟巢"工程开始实质性结构建设。

国家体育场共需基础桩 2600 余根，首批 100 根桩在 2 月 20 至 25 日之间完成。剩余的基础桩，将通过试验得出的相关数据进行技术完善。

这些桩深深地埋在地下，人们看不见它们，可只有它们才能把"鸟巢"庞大的身躯托起来。

国家体育场 41 根基础桩试验工程于 2003 年 12 月开始，桩体水平、竖向荷载试验得出的数据于 2 月 15 日左右提交设计单位。

当时，建设者采用了世界上非常先进的桩基础施工工艺，叫作旋挖钻机成孔，水下浇筑混凝土，桩底桩侧后压浆技术。

这些桩设计受力的特点不同，有抗压的，如看台板下面的桩，是从上往下压的；还有外围的，像基座部分的桩，则又是抗拔的。

钢结构下面的桩，要承受更大的水平推力，对水平承载能力又提出很高的要求。

这些桩在技术标准上的要求也超出一般的工程。"鸟巢"是一个大跨度的空间结构，荷载大，桩上本身作用的力就大，而且"鸟巢"的大底板是连在一起的，没有变形缝，这让整个工程对沉降非常敏感，对变形的要求非常严格。

12月中旬的北京，树叶早就已经落完了。平整完场地的"鸟巢"工地上，一片空旷和苍黄，灰蒙蒙的天空下，朔风顿起，一台台钻机在风中巍然屹立着。

12月13日，第一期试验桩开始，单桩直径为1米，深36米，到15日已完成6根。

12月27日，"鸟巢"第二期水平试验桩正式开始，共10根，31日前全部完成了。

2004年2月11日，冶金工业工程质量监督总站检测中心的检测专家们，全部完成了对这些试验桩的现场检测。

当时，检测内容多达几十种，对桩的抗压、抗拔、抗水平力的能力进行了检测，还对桩周围地质对桩的侧阻力和水平抗力进行了检测，最后对后压浆和传统的压浆技术原位对比试验后，检测后压浆对提高桩的承载能力的作用。

检测的结果给设计方提供了实际工作的资料参数，使"鸟巢"基础桩的数量在整体上减少了20%，但丝毫不影响"鸟巢"的安全性，节约了上千万元的造价。

桩基工程在2004年初正式展开了，李久林一天一天在现场盯着钻机看，他发现了许多有意义的事：

有些是技术细节，比如所有的桩底最后都是要落在砂卵石地层的，钻机到达砂卵石地层后，才能确保桩的稳固。

还有些是作业层面的，有需要改进的地方，李久林就及时召集施工单位开会，和他们一同讨论改进的方法。

随着工程的进展，3个施工单位都进了场，高峰时，有21台钻机同时作业。

现场质量工程师和质检员担负质量监控的职责，"鸟巢"又有一套自己的质量控制方法，这就是信息化管理。

当"鸟巢"桩基工程全部完成之后，通过国家有关部门的检测，97%是一类桩，剩下的3%是二类桩，没有三类桩和四类桩。各种检验数据表明，桩基全部满足规范和设计要求。

论证修改"鸟巢"设计方案

2004 年 5 月 23 日，当桩打到 1800 多根的时候，法国巴黎的戴高乐机场候机厅发生了倒塌事故。

这场灾难在中国的建筑界和舆论界引起了一场风波，因为北京正在建造的中国国家大剧院的设计者和戴高乐机场候机大厅的设计者，都是法国人安德鲁。

很快，出于安全因素，争议波及到了也是西方人设计的"鸟巢"。处于这场争议的中心，"鸟巢"的桩基施工进入了半停工状态。

2004 年 7 月，奥运场馆的安全性、经济性问题成为焦点。为贯彻科学发展观，实现"安全、质量、功能、工期和成本"五统一，落实"绿色奥运、科技奥运、人文奥运"三大理念和"节俭办奥运"的方针，决定对国家体育场工程设计方案进行优化调整。

调整主要在钢材的用量上。早在 2003 年 11 月，在"鸟巢"还没有开工的时候，中央曾派出一个专家组，对"鸟巢"的设计方案进行分析，重新评估"鸟巢"的造价，评估的结果是 22.67 亿元，用钢量 13.6 万吨。

参加讨论的专家一致认为，这是一个震惊世界的用钢量，过于沉重的钢外壳，不仅给"鸟巢"带来结构安全的风险，也是造价如此昂贵的最重要的原因。

最激进的反对者甚至提出，要把国家体育场的设计方案推倒重来，但更多的专家学者，即使在激烈的争论中也保持着客观的理性，他们认为可以修改。

一个由清华大学土木系教授、钢结构专家董聪牵头的课题小组，受北京市政府有关部门委托，负责对"鸟巢"进行结构优化。

7月4日，中国工程院土木、水利、建筑工程学部再次召开奥运建筑专题研讨会。

院士们在讨论中认为，如果"鸟巢"的外形不改变，要结构减小安全风险，主要办法就是取消移动屋顶。这样，还可以减少1万多吨用钢量，节约4到6亿元。

2004年7月底，国家体育场暂停了施工。

8月12日，北京奥组委常务副主席刘敬民在雅典表示："北京奥运会主体育场停工，是为了进一步实现'节俭办奥运'。'鸟巢'的规划设计不可避免地需要进行一些优化和提升。专家重新论证并调整规划设计后，这一工程将立即恢复施工。"

刘敬民还说："规划设计的调整很快就会结束，'鸟巢'随即就会恢复施工，这不会影响主体育场的主体功能和整体形象。"

尽管主体育场停工并调整规划设计，但刘敬民表示，北京奥运会场馆建设的总体格局没有大的变化，只是进行个别调整，而投资16亿至20亿元新建场馆的总体预算目前仍没有变化。

以"鸟巢"停工为契机，北京奥组委进一步强化"节俭办奥运"的精神。

刘敬民说："北京奥组委从一开始就提出了'节俭办奥运'的精神，在场馆建设上，能改建就不新建，能用临时的就不建固定的；在赛事组织工作中也讲求'踏实而不奢华'，连纸张都两面复印。"

刘敬民表示："北京奥运会的各项资金都实行严格的评估和审计，从制度上保证各项资金切实发挥作用。"

2004年8月31日，"鸟巢"取消可开启屋顶，方案调整风格不变，并同时公布了"鸟巢"效果图。

设计优化调整工作于2004年11月下旬完成。优化调整后的方案维持了"鸟巢"的设计概念，取消了可开启屋盖，扩大了屋顶开孔，其钢结构用钢量比原设计减少了22.3%。

由于屋顶开孔扩大，膜结构减少了13%，使用功能能完全满足奥运会赛事需求，安全性也能得到进一步提高，同时建筑安装费用大大降低。

由于工程设计理念超前，科技含量高，施工难度前所未有，为攻克这些难题，北京城建集团提出"集社会之智，为奥运服务"的理念，结合工程的特点，联合业主、设计方、分包方、高等院校和科研机构一道，开展技术攻关与创新。

针对"鸟巢"钢结构工程中一系列技术难题，城建集团聘请了10余名国内外知名的钢结构专家组成了顾问团，与国内多家知名科研机构进行专项研究，创造了单体吊装重量最大、空中对接焊口最多、分步卸载钢屋盖最重等多项工程奇迹，一举攻克了"鸟巢"钢结构施工这座技术高峰。

这或许是在当时的情况下，这是北京可做的唯一选择，"鸟巢"的结构安全得到了保障，造价也降了下来。

但从另一方面，中国也失去了拥有一个世界上独一无二的活动屋顶的国家体育场的机会。

在这长达半年之久的对图案上的"鸟巢"的争议过程中，"鸟巢"设计的主角赫尔佐格和德梅隆倒是表现得很洒脱。

赫尔佐格在接受中国媒体采访的时候说："对一个设计有各种不同的意见，是正常不过的事情。一个建筑在它的建造过程中对设计进行部分的修改，也是正常不过的事情。"

同时，赫尔佐格坚定地告诉中国的记者："有西方媒体认为，'鸟巢'将像埃菲尔铁塔一样被列入世界文化遗产。"

在停工近半年的日子里，"鸟巢"的建造者也没有让时间白白度过。

他们利用这段时间，一个问题一个问题地认真研究。虽然失去了一个年度的黄金施工季节，但却在战略和战术上有了更充足的准备。

2004 年 12 月 28 日，国家体育场工程正式复工。

进行“鸟巢”地面施工建设

2005年5月5日凌晨1时，“鸟巢”的第一块底板开始浇筑。

2005年，是“鸟巢”的混凝土结构施工年，工程的组织者把整个“鸟巢”的混凝土结构从东北角开始按逆时针方向划分成A区、B2区和B1区三大作业区。

A区的施工单位是中信国华，B1区的施工单位是北京城建集团四公司，B2区的施工单位是北京城建集团建设公司。

开春的时候，首先是凿桩头，那些基础桩最上部的一小段混凝土是疏松的，必须凿掉0.5米到1米，然后再做底板。

桩基施工在桩头凿掉之前，还有一项工作是土方的，一直要挖到底板的位置，把地下水降下去，在将周围一圈形成边坡并支护好。

技术人员用多种方法对支护方案进行优化组合，他们在平面上需要用车的地方用护坡桩，不需要用车的地方用土钉墙。在剖面上，上部用土钉墙，下部用护坡桩。

这样，就在保证支护系统安全的前提下最大可能地节省了成本。

第一块底板是B1区的一部分，面积有1000多平方米。因为是第一块，受到了格外的关注。

5月4日晚，总包方、设计方、监理方和施工方都到了施工现场，在明亮的灯光照耀下，对底板进行浇筑前的验收工作。

所有的项目通过了验收者苛刻的尺度检测后，各方负责人在验收单上签下了各自的名字。

浇筑命令下达后，两台亚洲最大的混凝土泵车同时发出轰鸣。机声不间断地响到5日的15时才停了下来。

施工现场传出胜利的消息：第一块底板浇筑顺利完成。

为了这第一块，担负施工的四公司在事前准备了细致的浇筑方案和充足的机械、劳动力，他们派出了最好的振捣手。

"鸟巢"的混凝土结构和"鸟巢"的钢结构相比而言，难度要低一些，但却超过当时国内外其他任何建筑混凝土结构的难度。

"鸟巢"的混凝土结构施工遇到了四大难题：第一个难题桩基问题已经解决了。

关于第二个难题，李久林说："第二个难题是耐久性问题。'鸟巢'在设计中明确提出，设计使用年限为100年。这个年限的概念，在建筑技术规范上有成文的标准和措施。施工方只要按照设计图纸施工，并通过检测和验收，这个建筑就被认可能够使用100年。"

李久林接着说："可我们没有仅限于这样做。在混凝土结构施工部分，我们结合设计单位、混凝土供应单位、施工单位和科研单位，围绕'鸟巢'100年的耐久性目标，对影响耐久性的各个环节，从不同角度开展了系统的科研攻关，对当今世界上解决混凝土找出北京春夏秋冬四季气温变化的规律，混凝土结构在这种规律下将受到的温度的应力，从设计角度上，控制'鸟巢'的混凝土结构的抗裂问题。"

李久林进一步解释说："什么叫耐久呢？混凝土裂了，里面的钢筋锈了，没有承载力了，建筑就要塌了，就要拆了重建了。怎么样让混凝土百年不裂？我们的设计师采取了一系列措施。采用纤维混凝土，采用预应力混凝土结构等等。材料供应单位，则从不同的材料配比上下功夫。如针对大型混凝土构件，在混凝土中掺加一定比例的粉煤灰来抑制它内部热量的产生，不使它产生内外的温差，以免产生裂缝。施工单位呢，又在混凝土浇筑前和浇筑中，进行了计算机仿真，模拟混凝土从浇筑、养护到完成以后整个过程中温差的变化情况、应力的分布情况，找出它的薄弱环节和改善措施。"

"鸟巢"建成后，他们又让专业的科研单位国家检测中心对"鸟巢"的混凝土结构做了全面的检测和评价，如实际混凝土的强度、实际保护层的厚度、钢筋的位置、混凝土碳化的速度、氯离子的渗透速度等等，确认了"鸟巢"混凝土结构的寿命在100年以上。

李久林在谈到第三个难题时说："第三个难题是预

制构件问题。'鸟巢'的内场，整个是清水混凝土看台。在混凝土的整体框架上，一共用了 1.47 万块预制清水混凝土看台板。在'鸟巢'之前，世界杯的德国慕尼黑主场，也用了许多设计元素，其中最典型的就是它的清水混凝土看台。在这点上，'鸟巢'的设计是和国际接轨的……"

李久林接着说："第四个难题也是最难的，是异形框架结构问题。'鸟巢'混凝土结构的最大特点，是斜梁歪柱，也就是说这个混凝土框架结构，不像其他场馆式建筑是横平竖直的，而是东倒西歪的。这些东倒西歪的混凝土梁柱和外部的钢结构形成一个有机的整体，共同编织成'鸟巢'这样一个造型。

"再有梁，也是倾斜的。最长的斜梁达到 18 米，跨二层和三层。'鸟巢'的外边梁，又是里出外进的，没有两个楼层上下是统一的。这是一个非常不规则的异形框架混凝土结构。这种结构的复杂性在建筑史上是史无前例的……"

2005 年初，工程建设指挥部办公室对"鸟巢"提出的进度要求是年底完成混凝土结构的施工。北京城建集团作为"鸟巢"的总承包商，给自己定下的目标是在 2005 年 6 月底看台结构出正负零，零层封顶，10 月底混凝土结构施工全部完成。

工地上日夜灯火通明。拦路虎却一个接一个跳出来阻滞工程的进程。很多部位的施工难度，超出了预计。

复杂的地质条件也给进度带来了影响。

当年，瑞中联合设计体交付的"鸟巢"的设计，只是一个概念设计。概念设计之后要有方案设计，方案设计之后要有初步设计，然后才到最终的施工图设计。

按照常规，应该是在深化设计完成之后才开始施工。但对于"鸟巢"，由于工期的关系，同样不可能。

"鸟巢"的施工图纸设计，几乎是和工程同步，一些设计上的修改，是为了"鸟巢"尽可能达到完美，另一些设计上的修改，则是为了更切合施工的实际。

这又是一个多么艰难的设计！因为"鸟巢"的奇特的造型，它的那些无序的复杂的编织结构，根本无法用常规的设计工具和思维完成。

施工方在工地夜以继日，设计师们在设计室也是夜以继日。

6月过去了，A、B两个区的3家参加施工的单位，没有一家的看台结构出正负零。

7月中旬的一天，工程建设指挥部的主要领导单独约见了北京城建集团总经理徐贱云和城建集团的2008办公室主任孔繁敬。

工程建设指挥部的领导对徐贱云说："今天我们开的会是'鸟巢'的'遵义会议'。"

徐贱云的心头一震。

工程建设指挥部的领导继续说："要通过这个会从全局上扭转'鸟巢'施工的被动局面。'鸟巢'的工期已经拖得够长的了，再拖下去，不要说 10 月底混凝土结构封顶，年底封顶都实现不了，我们对全国人民没法交代。"

工程建设指挥部的领导要求北京城建集团立即采取切实的、有效的措施加快施工进度。并且说："一些你们自己解决不了的问题，我们来和有关方面协调。年底'鸟巢'混凝土结构封顶，就算你们按时完成了任务。"

徐贱云说："不！我们的目标还是 10 月底。"

从工程建设指挥部回来，徐贱云就在"鸟巢"现场召集总承包部和一、四公司的项目负责人开会。

徐贱云说："我们的水平、工作能力，特别是我这个总经理的水平和工作能力，和'鸟巢'工程对我们的要求相比，还差得很远。"

徐贱云看到大家一个个紧张的样子，他带点调侃地补充了一句："我不是说你们的水平不高。大家水平是很高的，可'鸟巢'对我们的要求更高。这点认识不到，必摔跤无疑。"

会议结束时，徐贱云对总承包部经理谭晓春、建设公司项目经理杨光和四公司项目经理董树恩说："要是 10 月底混凝土结构没有完成封顶，我这个总经理没有好果子吃，你们仨也没好果子吃！"

很快，劳动力、周转材料和机械设备都调集齐了。A 区的施工单位中信国华，甚至从广州调来成建制的队伍支援"鸟巢"。

施工建设

谭晓春从早到晚行走在各个作业区，检查工作，解决问题。他的办公室兼宿舍，夜里也不锁门，什么时候施工中有了问题，随时都可以推门而进，他常常半夜三更被人叫醒，从床上爬起来谈话、打电话，或是赶到现场。

7月末，工地开展了百日会战。原来的进度计划，是以月为单位，到了这时候，变成了以周为单位。每个周五都是评比的日子，不仅施工单位的项目经理要参加，公司经理也要参加。

徐贱云亲自坐镇，一个公司一个公司汇报：上周完成到哪里了？完成计划了没有？没有完成，为什么？有什么问题？有什么措施？下周计划干到哪里……

8月初，出差在外的刘龙华回到了北京。听完徐贱云关于这一段时间"鸟巢"施工情况的汇报，他立刻和徐贱云及北京城建集团其他领导去了"鸟巢"。

看完B区现场，大家就在工地召开了现场办公会。

徐贱云首先讲话："从总体上看，局面有所好转，一是表现在施工进度加快了；二是现场施工人员多了。但是形势还是很严峻，目前工程所处的部位，比计划还是落后很多，制约施工的因素还是存在。"

会场一片静默，徐贱云提高了声音："我提五点要求。一是提高认识，坚定信心，背水一战，一定要在10月底完成土建结构的施工任务，并确保9月底钢结构脚柱吊装。从现在到会战结束还有75天，总承包部，一、四公司，要把'大干75天，确保10月底土建结构完成'用横幅挂出来，明天就挂出来，让所有参加施的工人员都知道工期紧，任务重。"

徐贱云停顿了一下，他接着说："二是各级领导要亲自组织生产。从明天起，一、四公司的经理都要到现场来办公。第一层没按总包的计划完成，经理不许走。第二层没完成，继续待。第三层没完成，再继续待……"

刘龙华插话说："第三层还没按时完成，公司董事长和经理还继续啊？"

徐贱云接着说："三是要举一、四公司之全力、举全集团之全力，集中所需人力、物力、财力来确保国家体育场施工计划完成。四要确保施工质量和安全。五要立即成立钢结构施工组织领导班子，做到两线独立作战，保证9月底进入吊钢柱施工！"

轮到刘龙华讲话了，他的眼睛扫过面前集团的这一个个得力的下属。

刘龙华发现，大多数人的脸都因为风吹日晒变得又黑又粗糙，大多数人的衣服上都留有汗渍。会议室里的冷气刚刚吹干他们身上的汗水，这会儿一些人的脸上又冒出了汗珠。

刘龙华知道大家内心的紧张，他的口气不由得变柔和了："刚才徐总的讲话我完全同意。'鸟巢'自开工以来，大家很辛苦，付出了许多，集团上下都知道，但现在不是表扬的时候，奥运会后我们再来论功行赏。"

徐贱云对大家说:"现在全中国、全世界的人都在看咱们集团,国家体育场工程非同小可,不能有任何闪失,只要出现问题,集团就会满盘皆输!"

刘龙华又提出了七点要求:"一要倒排土建施工计划,日、周、月的计划都要排出来;二是领导要高度重视当前集团各项工作要向国家体育场工程倾斜,党政工团要一起倾斜;三是要明确责任,集团和工程总承包部要签订责任状,工程总承包部要和一、四公司签订责任状,大家一起来负责,出现工期、质量、安全问题一定要追究责任,该处罚谁,就处罚谁;四是形成国家体育场工程例会制度,每周一次,会上希望大家实事求是把问题都讲出来,如果没问题,计划就必须完成;五要关心好前方指战员的身体健康;六是做好经济活动分析;七是国家体育场工程结构复杂,交叉作业多,一定要注意安全生产……"

讲话的最后,刘龙华再一次说:"请大家放心,大家的辛苦和付出,集团会记录在案的!"

8月,另外两个作业区的工程部位都出了地面,进度最快的四公司,已经干到了地上二层,建设公司还在做地下的工程。

站在 B2 区大坑下纵横的管道和梁柱间,徐贱云问杨光:"10月底'鸟巢'的混凝土结构要全部完工,你们到底能不能完成?"

杨光说:"我们能完成。"

徐贱云问："你凭什么说能完成？"

杨光说："我现在没有什么能说服您的理由，但我以我的人格向您保证：我们能完成！"

经过努力，B2 区零层终于封顶。

最难攻的堡垒一旦被攻克，后面的仗就好打了。同时，杨光也已理顺了各个分包单位的关系。人与人之间、不同工种之间的矛盾和摩擦已降到最低，工人们的积极性被充分地调动起来了。

杨光又果断地增加了两台 70 米臂长的塔吊，进一步优化了梁柱施工中的模架模板体系方案。

施工人员也增加到了 3000 名。地上施工，建设公司创造出"鸟巢"混凝土结构施工中的最高速度：八天半完成一层。

2005 年 10 月 28 日，北京城建集团如期在建设公司承建的主席台上举行国家体育场混凝土结构局部封顶仪式，建设公司的全部土建工程都完成了，甚至连全场最高的部分都完成了。

当天晚上，北京城建集团国家体育场工程总承包部为 B 区混凝土结构参加施工单位举行庆功宴。

进行 "鸟巢" 钢结构施工

2005 年 3 月 12 日，正是全国 "两会" 期间，刘淇以老冶金部长的身份请来国内 7 家钢铁巨头的老总，在北京的菖蒲河公园共同商讨 "鸟巢" 的用钢问题。

刘淇一直关注着 "鸟巢" 的用钢。

早在 2004 年初，"鸟巢" 的桩基施工开始不久的时候，刘淇到 "鸟巢" 视察。他看完工地，和北京城建集团的负责人道完别，往汽车上走的时候，看到路边摆放着一堆桩基础用的钢筋笼。

刘淇就停下了脚步，他仔细地看起这些钢筋笼的规格、型号来。

看完，刘淇转过身，对 20 余米外目送他的徐贱云等人招手。

徐贱云第一个跑到刘淇身边。

刘淇问道："'鸟巢' 基础桩用的钢材是哪里生产的?"

徐贱云说："钢筋都是国产的，首钢、宝钢、承钢这几个大钢厂供应的。"

刘淇又问："钢结构用的钢是哪里生产的?"

徐贱云说："钢结构我们现在还在规划、做方案，没到招标的时候，据我们分析，有百分之几的钢板，大约 5

个百分点吧，可能需要进口。"

刘淇追问："为什么要进口？"

徐贱云思索着回答："国产的高强度的厚钢板，它的Z方向，力学性能和抗变形能力，满足不了'鸟巢'的设计要求。目前国内建筑钢结构如果用到这种钢，都是进口。"

刘淇说："这是个很大的问题啊，'鸟巢'要用这个钢，不利用这个机会，通过研发、攻关实现国产化，什么时候还有机会？"

一年多过去了，刘淇一直坚持"鸟巢"的用钢要尽可能全部国产化的观点。

2005年3月12日，在这个国内钢巨头的聚会上，刘淇再一次问这些国营大厂的当家人："特殊的高强度钢能不能实现国产？办奥运就是要拉动民族的自主创新，填补空白！"

顾强圻表态："'鸟巢'要用的特种钢材，我们可以自主生产，什么时候需要，我们什么时候供货！"

2005年4月，舞阳钢厂轧出了100毫米厚的Q460试验钢板。

工程建设指挥部的领导会同总承包部、"鸟巢"业主、监理、设计院、构件加工厂家和周文瑛、戴为志两位焊接专家，再一次聚集在舞阳钢厂。

北京方面对技术指标、供货形态、供货日期等提出了详尽的要求。

绝大多数要求舞阳钢厂都表示可以满足。

2005 年 7 月 15 日，舞阳钢厂向浙江精工和江苏沪宁交付了第一批所需的钢材。从 7 月 25 日开始，浙江精工和江苏沪宁所需的第二批和第三批钢材也陆续交货。

到 2005 年 9 月 25 日，首次在国内应用的 Q460F 钢全部由舞阳钢厂轧制合格。

2005 年 7 月，负责"鸟巢"南区钢结构施工的城建精工项目经理周浩东带领他的管理团队进驻"鸟巢"工地。

和混凝土结构施工一样，钢结构施工的工期也是倒排的。施工方案的设计和施工的组织，就在这重重难题和新的重负下坚定而紧张地进行。

在城建精工组建之初，集团领导就说过：要从集团下属干过钢结构的单位中抽调最优秀的人才，通过国家体育场工程，锻炼培养出一批属于北京城建集团自己的钢结构专家！

李兴钢在和人们谈及"鸟巢"的钢结构问题的时候，他说："'鸟巢'的结构有一个很大的特点，就是它的结构直接构成建筑的外观，所以说'鸟巢'的结构，我们要寻找的结构，它不仅要完成一个支撑这个大跨度的结构的任务，还要满足人们观赏它的外观的任务。基于这样两个要求，我们最后找了一个合适的名词叫编织结构。"

李久林更详细地对人们介绍说："那么，'鸟巢'的钢结构在安装的时候，我们为什么很担心它做出来以后

不直呢？就是我们对口的难度非常大，对口就是两根构件，这个吊上去以后要把它对起来，那么这个难度是非常大的。第一个就是从它受力的角度讲，设计师提出了非常高的要求，要求我们对口的误差错边不能超过三毫米，一般来讲也就是两毫米，有的地方甚至是一毫米，不允许错，要求非常高。"

接着，李久林又说："而'鸟巢'还有一个最大的困难在哪儿呢？就是我们在对口的时候往往不是一个口要对。比如说像这个，这儿有一个构件，首先要和这个对，和这边对还要和那边对，那么我们说接口最多的夯架，就是我们这些立体夯架。这是一个立体夯架，这又是一个立体夯架，它们之间对接口就比较多。这些口都是要对的，最多的我们一个大概有 24 个口要对。所以在调整的时候就非常困难。为什么，因为这个口可能对好了，那个口又对不上了，调这个对准了，那个又对不上了，这对我们整个施工提出了非常高的要求。"

这还不是最难的，按照设计师的要求，"鸟巢"4.2 万吨的钢结构，全部要通过焊接完成。

李久林说："一个形象的话叫'焊绣鸟巢'，焊接的焊，绣花的绣。'鸟巢'是焊绣，用焊接绣出来的'鸟巢'。"

2005 年 9 月 13 日，比原计划提前 3 天，城建精工开始安装"鸟巢"钢结构的第一根柱脚。

从工程建设指挥部、业主、监理、总承包部到各施工单位、材料供应单位和加工单位都来了人，总共有二三百名。"××单位庆祝国家体育场首件柱脚滑移"的条幅在工地上竖起了一大片。

在开始施工的时候，大家还开了两瓶香槟酒。当那淡黄色的液体从瓶口高高地喷射出来的时候，滑移吊装宣布开始。

10米高180吨重的柱脚，在导链的牵拉下，沿着两根钢梁做的轨道，一厘米一厘米滑向一万余平方米大的基坑，在液压千斤顶提升下放进8米深的基座上去。

这一过程用了大约10个小时。

第一根柱脚的焊缝，连续焊了64个小时，用了近6吨焊条。焊后进行超声波探伤，一次合格率100%！

随后，在日夜不息的吊装现场，工人在地面把构件焊接成吊装单元，然后把吊装单元吊到位并与其他杠杆连接，再进行高空焊接。

每一步都有结构工程师进行监控，每一步都要进行过程检查，检查合格后由结构工程师签字并发出口头命令，才能进行下一步。

每一道焊接工序都有详尽的图纸。每一道工序实施前都要经过工程管理者、专家顾问、技术部和焊接工程师的焊接试验、工艺评定和验收评定，全部合格后才交给焊工按图施焊。

所有焊工的焊接记录也都详细地记载在总承包部的施工记录里。

2005 年的冬天到了。12 月中旬，由戴为志带队，一支 15 个人的队伍从北京出发到哈尔滨的华巍电焊设备厂去做负温焊接的试验。

当时，城建精工、上海宝冶、浙江精工、江南重工都派了人参加，每个单位一名焊工和一名管理人员。还有电加热工和焊接技师，他们要负责在试验中进行参数的记录。

3 天里，试验队伍一共做了 15 组试验，平焊、横焊、立焊、仰焊，都做了。最后一天，哈尔滨下起了小雪，焊接时做了遮挡防护。

一块试板，一个不变的焊接姿势，在室外一焊就是四五个小时。哈尔滨冬季的严寒，毫不费力地穿透焊工们的大头靴、棉手套、棉衣和棉帽，冻彻焊工们的骨髓。一块试板焊完，焊工们也冻僵在原地，需要别人把他们拉起来。

把试件运回北京测试，根据得出的结论，确定了"鸟巢"负温焊接的极限温度在零下 15 度。这种气温，在北京的冬天也是极少有的，即使有，也不过一两天。

焊接"鸟巢"这个艺术品的焊工们，也是艺术师。他们把自己的工作简称为"焊绣"，就是李久林所说的"焊绣鸟巢"。

他们飞身在 60 米高的脚手架上焊，钻入地下 8 米的基坑里焊；在无遮无拦的天空下焊，在狭小闷蒸的箱体里焊；在风雨中焊，在烈日下焊，在白天焊，在夜晚也焊。

焊机一开机就不能停，10个小时要坚持，24个小时要坚持，72个小时也要坚持，直到一条焊缝焊完。许多焊工是垫着"尿不湿"上岗的。

北京冬天的朔风，尽管没有哈尔滨的凛冽，可也能把焊工的全身冻到麻木。

夏天，钢结构的表面温度常常达到50到60度，穿着焊工靴踩在上面都烫脚。厚重的焊工服，把焊工们的皮肤都捂出了大片大片的痱子。

柱脚的焊接是非常危险的一种焊接。它是密封的，操作空间很小，使用的又是二氧化碳保护焊。

在焊接一根柱脚的时候，这根柱脚的坡口设计反了，专家们和总承包部技术人员经过讨论，决定把打错的坡口封起来，在相反的方向再开一个坡口，这样填充量就非常大了。

而这根柱子箱体下的空间，只有300毫米高，一个瘦人刚刚能躺下去。

焊工们就蜷缩着躺在下面焊，几个人轮流，连续焊了一天一夜。

2007年，戴为志参加一个全国焊接学术会议，把"鸟巢"焊接施工的部分照片放给与会者看，其中就包括焊接这个柱脚的照片。

当时，戴为志在会上说了这样一句话："这种焊接活，只有中国的工人阶级才能干！"

周文瑛骄傲地对业界宣称："鸟巢"的焊缝，没有发现一条裂纹。

一位搞探伤的资深工程师听了，说："我在其他工程上都能查出裂纹，'鸟巢'怎么会没有裂纹？"

周文瑛说："如果你在'鸟巢'查出裂纹，我给你奖励！"

这位工程师认真履行职责，非常仔细地检查他工作范围内的每一条焊缝，直到工作结束。临走，他说："我确实没有找到一条裂纹。"

2006年的春节刚一过完，建设者就开始盼望春天的来临。

春节期间，"鸟巢"也在照常施工。从2004年12月"鸟巢"开工到2008年6月"鸟巢"宣布落成，其间一共经历了4个春节，筑巢人都是在紧张的施工中度过。不仅是春节，在"鸟巢"建设的4年多时间里，筑巢人没有休过一个节假日。

100天的奋战过去，"鸟巢"的钢结构达到了合龙的条件。合龙的关键在温度。

根据中国建筑设计研究院最初提供的施工图，"鸟巢"钢结构的合龙温度是在10度到18度之间。这是根据北京30年气象资料计算出来的。

大家发愁了：可北京的夏季，哪里可能有这样的温度？等到秋季吗？"鸟巢"的工期怎能允许这样久的等待！

这时候，气温成了从工程建设指挥部到参加施工单位关注的焦点。

北京气象局在"鸟巢"工地设立了专门的气象观测站，定期向项目部报告气象卫星云图的情况。

"鸟巢"钢结构上设置了 60 个气温监测点，其中屋盖区域，就设置了 36 个，通过自动测温系统，一天 24 小时对钢结构的温度进行实时监测。又用人工测温作为补充，在典型部位，每隔一小时测定一次。

2006 年的 7 月下旬，北京城区的气温，每天最低气温都在二十四五度以上。8 月上旬和中旬也没有降下来。但是北京气象局在 8 月中旬预测到了，8 月的下旬，有可能出现 23 度以下的气温。

施工队立刻投入了合龙的临战准备，进行全部合龙焊口的检查。间隙偏大或偏小的合龙口，都要按照规范进行处理。架子的搭设，焊接的技术交底，熟悉方案。

2006 年 8 月 22 日下午，气象局预测：25 日夜间最低气温 22 度！

25 日一早，合龙指挥部就给参加合龙焊接的焊工下了死命令：一律不准外出，不准喝酒，除了吃饭，白天全天睡觉，18 时以后随时待命。

吃过晚饭，作为合龙总指挥的谭晓春，在指挥部就坐不住了。他从那设在离"鸟巢"100 米的临时工棚里，出来了又进去，进去了又出来。

大家也都在焦急地不时抬头看天。

随着夜幕一点一点变得浓重，气温也在一点一点下降。

22时过了，测温仪传到计算机上的钢结构数据，一会儿24度，一会儿25度，就是不到23度。

焦急中有人开起了玩笑："老天爷降一度，怎么比生孩子还难?"

时钟的指针早已走过了24时，工地的四周已是万籁俱寂。忽然，天边一阵微风吹来，气温就在这微风里，降到了23度以下!

指挥部里，谭晓春和监理叶军一起签署了合龙令。

在工地上，100多名焊工整齐地排成了长方形的队形。

指挥部作简单的动员："'鸟巢'的合龙马上就要开始。这是关系'鸟巢'钢结构整体安全运营的一道关键工序。我们一定要夺得全胜，合龙焊缝100%一次合格。大家有没有信心?"

"有!"焊工们响亮的回答惊起了周边的宿鸟。

15分钟之内，焊工们就都上到了各自的作业面。

开焊的口令下达了。顿时，无数簇灿烂的焊花映亮了"鸟巢"的夜空。

经过大家的艰苦奋战，第一次合龙完全达标。

以后的几天又是连续的高温，直到29日的凌晨，才等到第二次合龙的机会。第二次要合龙的是两大施工分区间主桁架的合龙线，也是50个焊口。

又是连续一夜的战斗，第二次合龙终于胜利完成了。

第三次要合龙的是立面次结构的合龙线，28 个焊口，根据天气预报，定在 31 日。

30 日这一天，从早上开始，天气就又热又闷，钢梁的温度，最高达到近 50 度。这让大家不由得深深地担起心来。

18 时，天下起了小雨，大家总算松了一口气。不想这雨却越下越大，犹如瓢泼。大家的心重新揪了起来：这么大的雨，气温是降下来了，可还能焊接吗？

接近午夜的时候，雨变小了，又过了一会儿，雨停了。天边出现了点点星辰，钢梁刚好达到规定的温度要求。

大家不禁雀跃、欢呼起来！

零时整，第三次合龙正式开始。

当新一天的太阳高高升起时，经过检测焊缝已全部合格，疲惫而兴奋的焊工们走下脚手架，各个环节各个层级的人，在相关的记录上庄重地签下了自己的名字。

这时候，"鸟巢"的钢结构，就从分散的带临时约束的体系，转换成了一个封闭稳定的体系。

进行"鸟巢"主结构卸载

2006年9月17日，在经历两年多的建设后，"鸟巢"的钢结构面临着最终也是最大的一项挑战，那就是临时支撑塔架的卸载。

谭晓春对大家说："卸载是一个大的考验，如果卸载，这个钢结构不是弧形塌了一段，你说多难看。"

早在2005年的8月，就决定把整个支撑塔架体系分为外、中、内三圈。卸载的步骤，经过项目部、专家组、业主、监理等各方多次共同的讨论，确定为七大步，每一大步再分为五小步。

主结构卸载定在2006年9月13日开始。城建集团成立了卸载指挥部，谭晓春仍旧被任命为总指挥。

指挥部下面还设了三个组：顾问组、运行组和监测组，并制订出了十多套的紧急预案。

用于卸载的液压提升系统，提前半个月就安装好了。通过电视，进行了动画的模拟演习，让参与者都了解这些机械的原理和操作程序，又安装了中央控制系统和监测系统。

9月12日，进行了卸载的演练，不过是空载。从设备到工人的操作到各方的配合，都发现了一些问题，并立即进行了改正。

9月13日上午，进行负载的演练，78个支撑塔架两侧的156个千斤顶一起发力，把一万多吨重的屋盖，整个顶起了两毫米，用以测试千斤顶的实际反力。经过称重，完全符合要求。

但是，接下来几天，每天都有一些大大小小的事故，比如液压系统个别点出现漏油或堵塞，导致千斤顶顶不上去，诸如此类。每次都由技术人员在比较短的时间里检查出出问题的地方所在，及时排除了。

到15日，又出现了千斤顶顶不上去的情况。经过几次检修，还是无法连续正常工作。到了下午，300多人都停了下来，等在原地待命。

指挥部的成员，每人都是大汗淋漓。9月中旬的北京，白天气温还是很高，可大家一身身出的都是冷汗。因为整个液压系统，有近10公里的线路，其中有电路也有油路，要查清楚到底是在哪一个或哪几个点上出现了什么问题，不知要花费多少时间。

可这时，市委、市政府和奥组委已经定下了在17日上午对"鸟巢"卸载的最后两小步向全世界进行电视实况转播。

谭晓春生气地说："查不出来故障原因，就别吃饭！"

全体液压专家和技术员都来到了线路上。用大海捞针般的细致，用滴水穿石的恒心，一个点一个点地排查。到午夜24时，才把所有的问题解决掉。

16日一天，仍然在紧张中度过。到17时，完成了第七大步的第三小步，也就是第三十三小步。

整个"鸟巢"钢结构的卸载，只剩下第三十四、第三十五两小步，13个点了。

有人提出："趁晚上把最后的两小步卸完。"

谭晓春不接受这个意见："既然是现场直播，要的就是真实，如果是假卸，还有什么意义？"

有更多的人对谭晓春的意见表示支持。

傍晚，北京市吉林副市长委托北京市建委的张玉萍委员来到工地，转达他的意见："明天'鸟巢'的卸载，一定要实实在在地按步骤操作，向世界展示一个真实的'鸟巢'和我们的技术水平，不能作假！"

9月17日是谭晓春和他的团队压力最大的一天。临时支撑塔架撤走后，建设了两年多的"鸟巢"钢结构能否靠自己的力量站起来，将在这一天见分晓。

卸载现场，里里外外、上上下下都布置好了供摄像机拍摄的机位。北京电视台、上海东方卫视和香港凤凰卫视，将共同对"鸟巢"钢结构的主结构最后的卸载进行直播。

8时10分，所有参加最后卸载的人员都被集合了起来。

谭晓春来到队伍面前，对大家说："今天是决定'鸟巢'钢结构卸载成败的日子。希望我们精心操作，认真监测，及时反映现场工作运行状态，特别要注意高空作业的安全。各级领导和全国人民都在等待我们成功地喜讯!"

8 时 30 分,第七大步的第四小步,也就是第三十四小步卸载开始。

谭晓春在指挥部发出第一个口令:"各小组注意了,现在开始顶升。"

于是,中圈和内圈的 24 个点上,一个个千斤顶缓缓升起。渐渐地,钢结构和支撑塔架之间出现了一条清晰可见的缝隙。

按照后续的口令,工人们抽出钢结构下小支柱上松动了的垫片,11 个支撑塔架和钢结构脱离了,第三十四小步卸载完成。

计算机立即对传输回来的各项数据进行计算,计算出的结果符合设计标准。

9 时 50 分左右,整个钢结构卸载的最后一步开始,指挥部里,指挥员更加全神贯注地指挥。

工作面上,工人更加精细地操作,半个小时后,最后的支撑塔架和钢结构脱离,"鸟巢"第一次完全依靠自己矗立在北京大地上。它将在这块土地上矗立 100 年!

指挥部里,所有的人都屏息静听。

现场的专家们对所有的资料和中央处理器得出的各种数据进行分析和整理,确认之后,交给了谭晓春。

谭晓春努力抑制住自己激动的心情,他面对麦克风高声宣读:"下面我报告国家体育场钢结构卸载后检测结果:东面最大沉降变形量 266 毫米,西面最大沉降变形量 276 毫米，平均最大沉降量 271 毫米……小于设计规定的 286 毫米，完全符合设计标准。"

又过了几分钟，谭晓春询问大家没有任何问题之后，他再一次走向麦克风："现在我宣布：国家体育场钢结构主结构卸载顺利完成！"

顿时，"鸟巢"工地响起了排山倒海般的欢呼：指挥部里，人们相互握手和拥抱，所有的人都流下了热泪。

稍后，20 多个国家的电视台通过转播把这个信息传播到全世界。

谭晓春说："我们把图纸变为现实，在地球留下痕迹。咱们这些人把我们的遐想，把我们的理念变为现实，这两年，大家没白费，努力有了最终的结果，就像看着自己的孩子在逐渐长大成人，有了钢筋铁骨，有了成熟的表现。"

"鸟巢"主体结构卸载成功的消息正式宣布后仅仅几分钟，刘淇和王岐山就和市委、市政府一班人，还有奥组委的官员，在刘龙华的陪同下出现在了"鸟巢"工地。

刘淇和王岐山跟现场操作的人们，从指挥员、专家顾问到一线工人，一一握手，热烈地祝贺。

刘淇即席发表了热情洋溢的讲话：

　　"鸟巢"的设计和施工一体化做得非常好，这么复杂的工程计算得这样精确，史无前例。

　　"鸟巢"钢结构主结构卸载的完成是一个重

大的阶段性成果，是中国工人阶级努力的结果，也是中国技术人员和施工人员智慧的结晶。奥运场馆建设依靠各方面智慧协力攻关，把"科技奥运"落到了实处。

"鸟巢"是中华民族的骄傲，也必将成为一笔宝贵的奥运财富！

讲话后，刘淇笑着招呼在场的人一起合影留念。

中午，吉林副市长设宴为卸载有功人员庆功。他从早上 8 时 30 分就来到了卸载指挥部，在近 3 个小时的卸载过程中，他和所有参与卸载的人一起战斗。

吉林副市长把谭晓春招呼到自己身边坐下，端起酒杯："大家连续作战，辛苦了！我先敬大家一杯！"

清脆的碰杯声里，大家欢笑着把各自的杯中酒一饮而尽。

"鸟巢"的钢结构施工至此宣告全部胜利完成。

进行"鸟巢"配套系统施工

2005 年初，葛京宏所在的北京城建安装公司，经过严格的竞标程序，承担了奥运会体育场项目中的通风空调系统，消防水系统，采暖、压力雨水等专业系统的施工任务。

公司很快组建了国家体育场项目部，当时作为公司副总经理的葛京宏，奉命担当起"鸟巢"项目部经理的重任。葛京宏率领他的项目部和青年突击队，于 2005 年 5 月进入"鸟巢"工地，开始了长达 3 年的"鸟巢""大动脉"攻坚战。

"鸟巢"结构呈环状，环廊最大角度为 4 度，最小仅为 1 度，在这样一个空间里敷设管线，其难度可想而知。

此前的机电安装都是按照垂直角度进行的，为了适应"鸟巢"外形设计，葛京宏他们不得不再寻求新的安装工艺。

为攻克技术难关，葛京宏、总工闫同军带领技术人员广泛学习国际上先进的管材施工技术，并结合现场实际情况不断分析、揣摩，最终确定了管道弧形安装的方案。

弧形安装的施工技术受现场环境、温度变化等多方面的影响，安装精度极难控制。

为此，葛京宏要求项目部在每次施工前都要采取必要的措施，提前考虑如何调整才能消除安装误差，并加强现场测量和监控，以保证整体造型和施工质量。

当一条条蜿蜒曲折的管线成功敷设于内墙结构的时候，它实现的不仅仅是技术革新的一次创举，更像是一件富有流动美感的艺术品，在安装人员的精心施工下呈现给世人新颖独特的安装精品。

将空调系统安装成一个完整闭合的巨大椭圆形，管径达到 480 毫米且全部为沟槽管件挠性连接，这在以往的工程中还从未运用过，因此也成为葛京宏他们施工过程中的拦路虎。

为确保管道安装走向正确，且将偏差控制在毫米以内，葛京宏和闫同军组织技术人员沿着整个体育场内壁实地勘察，多次召开施工方案论证会、技术保障研讨会，最终通过测量放线将管线和支架定点布控的方法使这一问题得到解决。

沟槽件连接对管道组装时的精度要求比较高，管与管之间的间隔既不能小于 2.2 毫米，也不能大于 2.4 毫米，加之受场地狭小、作业面高等客观因素的制约，施工难度可想而知。

由于无法采用电动机械组装，管道拼接全靠工人人工组装而成。

管道试压是 480 技术的最后一道难关，为确保试压成功，葛京宏他们邀请知名专家进行专项研究，前后召开 7 次专家分析会，进行 4 次往返试压试验。

将管道围绕"鸟巢"零层结构车道环廊顶部安装一圈成椭圆形，形成环状，这在全世界范围内尚属首例。

大家经过 5 个多月的艰苦努力，终于在 2007 年 9 月 3 日顺利完成任务。

自开工以来，葛京宏负责的北京城建安装公司国家体育场项目部，就把劳动竞赛贯穿整个施工过程。他们每天 6 时就来工地，21 时甚或 23 时多才下班，还有的工种一夜不回家。

葛京宏说："既要保证工期，还要保证施工质量和安全，我们不得不这样。"

针对作业场地狭小、作业面高、多个施工队同时施工的实际状况，葛京宏每天来得最早，走得最晚。只有当一天的施工任务顺利安全结束时，他才能暂时放下心来。

在"鸟巢"的安装施工中，葛京宏的施工队没有出现过一次安全事故，没有出现过一起质量事故。

胡锦涛视察"鸟巢"工地

2006 年 10 月 1 日,北京的 10 月秋风送爽,气候宜人。国庆节的首都街头到处都披上了节日的盛装,花团锦簇,处处都是一派喜气洋洋的景象。

北京城建集团承建的国家体育场、国家体育馆工地鲜花迎门摆放,彩旗飘扬,沉浸在节日的喜庆气氛中。

得知胡锦涛总书记 10 月 1 日要来看望大家,全体参加施工的人们就早早地来到了工地,坚守在各自的工作岗位上,等待总书记的到来。

9 时 30 分,胡锦涛在中共中央政治局候补委员、中央书记处书记、中央办公厅主任王刚,国务委员陈至立,中共中央政治局委员、北京市委书记刘淇,北京市市长王岐山、副市长吉林等陪同下,乘坐中型客车来到了国家体育场工地。

胡锦涛神采奕奕地走下车来,与迎上来的谭晓春亲切握手,并问候。

随后,胡锦涛戴上了工作人员递过来的带有城建集团标志和字样的安全帽,饶有兴致地环视"鸟巢"外景。

随后,胡锦涛和随行人员在谭晓春的引导下,健步走进国家体育场内环现场。

宏大的国家体育场钢结构上挂着一条条醒目的标语,

为现场增添了热烈的节日氛围。

胡锦涛刚刚走进场内，就与刘龙华等各参加施工单位领导一一握手，并互致问候。

当刘龙华热情地握着胡锦涛的手时，胡锦涛面带微笑说："'鸟巢'就是你们城建集团建设的吧?"

刘龙华回答道："是。"

胡锦涛握着刘龙华的手又说："你们城建集团承担了很多奥运工程啊!"

刘龙华说："是，我们承担了新建、改建和奥运配套工程合计起来共有17项。"

接着，谭晓春向胡锦涛汇报了国家体育场建设情况。

在汇报到国家体育场工程概况时，胡锦涛问："现在国家体育场和'鸟巢'这两个名字中，大家哪个叫得最多呀?"

谭晓春回答说："有80%的人都叫'鸟巢'这个名字。"

当胡锦涛听到"鸟巢"钢结构全部都是用的国产钢材，没有进口一吨国外钢材时，他欣慰地点头，脸上露出了笑容。

谭晓春对胡锦涛说："截止到日前，国家体育场已完成科技创新成果14项，其中Q460钢材填补了国内生产高强钢的科技空白，为我国生产高强度钢走出了新路子，Q460高强钢材还能用于军工产品等。施工中还创出了钢结构弯扭构件多点无模加工技术、钢结构空中多点对接安装技术，大家用了不到两年的时间，克服了很多困难，把'鸟巢'从概念图纸变成了今天的模样。"

胡锦涛听到这里，不住点头赞许。

胡锦涛又走到摆放着 Q460 高强钢样材的桌子前，用双手抓起高强钢板样材，在手中掂了掂，称量一下钢材的分量。

胡锦涛的这一做法，逗得在场的人都乐了。

正在热闹之时，现场的 30 多名焊工围了过来，向胡锦涛问好，随后大家有序地排成两队接受胡锦涛的接见。胡锦涛看着身穿城建工装的工人个个面带微笑，他亲切地与每个人一一握手并问候大家节日愉快。

胡锦涛说：

你们坚持精心设计、精心施工、勇于创新，以顽强拼搏的精神和科学严谨的态度攻克了一个又一个难关，取得了出色成绩。9 月 17 日，你们创造了奇迹，"鸟巢"钢结构卸载成功，这是中国工人的骄傲。

这个工程难度大，科技含量高，你们迎难而上，破解了不少技术难题，取得了多项自主创新成果，谱写了中国建筑史上的光辉一页。希望大家高质量地完成后期工程，努力把奥运会主会场建设成精品工程。

胡锦涛的讲话使全场人员备受鼓舞，大家用雷鸣般的掌声对胡锦涛的讲话报以衷心的感谢！这时现场的热烈气氛达到了最高潮。

胡锦涛离开前，大家与他依依不舍招手致意，此时的情景让在场的所有人员终生难忘。

在谭晓春的引导下，胡锦涛走出施工现场，经过一处就主动向前与欢送的现场工作人员一一握手。胡锦涛上车时，又一次与刘龙华和谭晓春等人握手话别。

接下来几天，国家体育场、国家体育馆两个工地的职工还沉浸在喜庆的气氛之中，人人脸上挂着微笑，工作热情高涨，决心要用实际行动来回报党和政府对建设者的深情厚爱。

谭晓春动情地说：

> 10月1日是我人生中最幸福的时刻，这对我本人是最大的鼓舞，我没有理由不好好工作，一定要带领大家把国家体育场建设成精品工程。

外来务工人员郭现利兴奋地说："我和总书记交谈的新闻播出后，我就成了家乡的明星了，每天都有人打电话给我，要我好好干，为家乡人民争光。"

温家宝看望"鸟巢"建设者

2007 年 7 月 17 日 10 时 5 分，国务院总理温家宝在刘淇、王岐山等人的陪同下来到了"鸟巢"工地。

当时，温家宝刚刚视察完改扩建中的奥体中心体育馆工程，随后，他径直来到"鸟巢"内环施工现场，戴上安全帽，走到一侧的参加施工单位代表队伍面前，和站在第一排的人亲切握手。

温家宝向大家问候道："工人师傅们大家好！天气这么闷热，你们还在坚持施工，你们辛苦了，我代表全国人民感谢你们！"

徐贱云和国家体育场工程建设有限公司的李仕洲向温家宝作了施工进度、工程功能和设施、科技创新等情况的汇报。

徐贱云还告诉温家宝："不久前，英国《泰晤士报》举行了正在建设中的世界十项最大最重要的建筑工程评选，'鸟巢'被列为十大工程之首。"

温家宝微笑着问："是真的吗?"

一旁的刘淇作证说："是真的。"

温家宝高兴地点点头。

热烈的掌声中，温家宝发表了讲话，他说：

再过一年多一点的时间，奥运会就要在北京举办了。在中国举办奥运会是中华民族几代人梦寐以求的大事，这件大事在我们手中就要实现了。

　　现在奥运场馆建设正进入冲刺阶段，大家要按照质量、安全、工期、功能、成本 5 个统一的原则，圆满完成奥运场馆的建设任务，一定要把奥运场馆建设成设计一流、工程一流、环保一流、节能一流、管理一流、世界一流的最先进水平的场馆。

温家宝说："我相信工程技术人员和工人的辛勤努力。祖国感谢你们，人民感谢你们，北京市也感谢你们！"

温家宝提起了刚才在奥体中心体育馆看到的两条竖幅：

　　第一故乡第二故乡同为创业之乡，
　　本地青年外地青年都是有为青年。

温家宝深情地说："这两条竖幅写得多好啊！第一故乡指的是工人师傅和技术人员的家乡，第二故乡就是首都北京，是大家的创业之乡。而真正在你们生命当中，永久留下记忆的，那就是参加了奥运场馆建设，这是大家最值得自豪的。等到我们的后代人，再来看这些场馆的时候，他们会记住，当年有成千上万的工人、技术工程人员在这里辛勤劳动，是他们用智慧和汗水建成了壮丽的场馆。"

离开"鸟巢"后，温家宝在 2008 年奥运工程展示中心会议室听取了有关方面对奥运场馆建设和奥运筹办情况的汇报。

温家宝对场馆建设提出了五点要求：

一要保证工程质量和安全；
二要突出环保、节能；
三要加强组织、管理；
四要做到节俭、廉洁；
五要搞好赛后利用。

温家宝最后强调：

成功举办奥运会要搞好两个服务，得到两个支持：既要搞好对奥运会的服务，又要搞好对群众的服务，使奥运会的举办既得到国际社会的支持，又得到全国人民的支持。

"鸟巢"工程完成最后施工

从 2007 年 7 月 15 日起，按照市政府和奥运工程指挥部的要求，徐贱云兼任"鸟巢"项目总经理，正式在施工现场办公。

在前期主结构施工过程中，砼结构、钢结构相继领衔主演，一脉相承，环环相扣，所有建设力量都向着同一个目标努力，到后期的装饰装修、机电安装、景观等施工阶段时，则是多条主线全面展开，同时推进。

此时，在 25.8 万平方米的施工场区，100 多家单位同步施工，施工专业多、工序复杂又相互交叉，施工组织难度极大。

面对困难，徐贱云掷地有声："作为总承包单位，城建集团要把责任放在第一位，无论是质量、安全还是工程进度等都要负总包责任。这个时候，正是考验我们总承包能力的时候，也是提高我们总承包能力的好机会。"

针对鸟巢施工现场纷繁复杂的现状，刘龙华和徐贱云首先调兵遣将，在 7 月底把在南京的国际商城项目经理刘月明调入了"鸟巢"任常务副经理，协助"鸟巢"全面管理。

紧接着，有着丰富管理经验的多方人员也陆续调入。为加快施工进度，实行决策前移，给现场充分的决策权，

施工建设

无论是材料的采购还是装饰机电，都成立一个由分项负责人、技术负责人等三人组成的领导小组，遇到问题时只要有两人意见一致就立即执行。

针对劳动力不足的问题，集团要求各参加施工单位领导必须亲驻现场，及时补足。为明确各单位责任，严格实行责任书面化管理，要让现场施工人员都知道谁负责哪部分，哪部分出了问题，都可以找到责任人。

8月份，"鸟巢"外围和内装工作都进入总攻阶段。总包定下了先外后里的策略，也就是集中优势力量先抢外环梁外立柱装修。

9月底"鸟巢"告竣，这既避免了外围冬季施工，又错开了当时机电安装等工作不到位影响内装工程的矛盾，合理的安排和外立面亮相使筑巢人信心大增。

在"鸟巢"后期施工中，设计的不断变更调整是制约工期的一个关键因素。

为此，总包及时与设计沟通，积极促进设计人员驻场，每周都与设计驻场人员到现场工作面确认设计效果，解决问题的速度也明显加快了，使设计变更、材料设备的确认等工作有序进行。

2007年6月底，梁文启被调到"鸟巢"增援，具体负责"鸟巢"外墙施工和玻璃幕墙的安装。同时调到"鸟巢"的还有蒋振军。

梁文启对蒋振军说："施工陷入瓶颈，打破它，只能靠我们的参加，施工者加倍的努力。现在，我们哥俩儿一个主外，一个主内，争取在 8 月底前有个眉目。"

"鸟巢"外围幕墙美轮美奂，施工工艺却是难上加难。单玻璃原料就要到深圳去生产，幕墙后期加工则是要在上海完成。当时正值上海市实行夏季全市大限电，无论怎么催，幕墙的生产速度就是上不来。连奥运工程指挥部都为此召开了专题会。

7 月中旬，北京的温度高达 38 度，蒋振军却收拾行囊直奔更加炎热的上海，下了飞机，他连宾馆都没找，就提着行李直接入驻厂家。

从北京临走前，蒋振军拿到了一封奥运工程指挥部发给上海市政府的函件，请求对奥运工程材料生产厂家网开一面，解除限电。

谭晓春像叮嘱孩子一样多次叮嘱蒋振军："事关紧急，函件一定要放好。"然后他又开玩笑地说："这事儿如果搞不定，就别想回北京！"

2007 年夏季最热的 7 天，蒋振军在厂家和上海各政府及办事部门之间奔波着，最终得到了上海市政府有关领导的支持。随后的几天，他又召集有关厂商开会，实地监督制作，质量监测。

10 天下来，本来就不胖的蒋振军又瘦了 5 公斤，人也黑了。

2007 年 9 月，"鸟巢"膜结构膜材铺装施工开始。工人们把一块块柔白的膜风帆般扯起，李久林负责钢膜施工。

李久林仰望着在钢屋盖上如蜘蛛人般吊着绳索进行膜结构施工的工人。膜结构安装是在钢屋盖上做的，高空安装，施工人员站立十分困难，特别是钢屋盖的肩部，工人无处落脚，操作空间受限，只能采取蜘蛛人的方式。

为此，总包采取了一系列的安全措施。在那段日子里，蓝天的背景下，一道道巨大钢筋织就的网上，蜘蛛人的风采已经成了胶片上永不褪色的回忆。

2007年底，膜结构ETFE安装完成。

测量人员考虑到排水和运动员奔跑时的力学原理等多种因素，"鸟巢"跑道的立面设计并非完全水平，而是呈外侧高、内侧低的"斜坡"形，且直道和弯道的斜度有所不同，他们根据设计要求认真施测，取得了高水平成果。

为了严格控制跑道的平整度，测量人员将跑道分为一个个边长为一米的网格，将每一网格的实际高度与设计高度误差都控制在一毫米之内，使得"鸟巢"整个跑道的高度差远远低于普通跑道。

技术人员进行了认真、细致的测量工作，圆满完成了各项任务。

2007年11月，徐贱云与国家体育场有限责任公司董事长李爱庆副市长分别签下了责任状：不能按规定时间完成"鸟巢"工程，就地免职。

收起签有自己名字的责任状，徐贱云对市领导说了4个字："不辱使命！"

建设者依然是繁忙的，但在 2008 年，"鸟巢"已经没有了颠覆性的问题，剩余的工程，一是各种设备的系统集成和功能调试，二是装修工程收尾和局部的整改，三是一些新增加项目的施工，四是市政工程和园林景观的完善。

2008 年 2 月 21 日，机电部启动消防调试工作。对各消防专业系统进行调试及报警系统调试。接着，系统顺利通过消防检测。

3 月 31 日，顺利拿到了消防验收许可证。消防工程调试是机电设备安装工程调试中最重要、技术最复杂、涉及专业最多的综合调试，是工程竣工交验前必须进行的程序。

对消防工程各专业系统的功能与施工质量的检验，是对国家体育场工程在使用过程中是否能安全可靠的重要保证，是集探测智能、监察智能、联动智能为一体的综合调试。拿到这个证，大家都松了一口气。

2008 年 4 月 12 日，"鸟巢"塑胶跑道铺设完成。

2008 年 4 月和 5 月，"鸟巢"通过了两次"好运北京"测试赛的检验。

2008 年 5 月 28 日，"鸟巢"通过了减项验收。

历届奥运会的主火炬台、点火仪式和点火人都是最后揭晓的最高机密。其中，主火炬台造型设计又和点火方式密切相关。

在 2008 北京奥运进入 50 天倒计时阶段，主火炬台才

正式开工修建，由此引发了各种猜想："北京奥运会主体育场'鸟巢'内的主火炬台是什么样子？"

"鸟巢"火炬台的建设任务由首钢集团承担。为了配合鸟巢的设计，火炬台的造型将会被塑造成一只将头微微伸入"鸟巢"体育场中的巨鸟，而巨鸟的嘴将是火炬最终被点燃的地方。

2008年6月20日，百余名工人和一台800吨级的重型吊车已经到位，火炬台也已经初现雏形。

此前，北京奥运火炬设计团队介绍了当初的设计历程。设计人员从"凤凰涅槃"的故事中汲取了创意灵感，从凤凰中抽象出北京2008年奥运的火炬造型，用"凤回巢"的理念，将奥运火炬以及相关附件连接成一个完美动人的故事。

主创人员四处搜寻有关中国神鸟凤凰的描画，回溯到距今7000多年河姆渡文化时期的"双鸟朝阳"雕刻，发现当时凤凰就和太阳、火焰、吉祥联系在一起。

借助这些描画，他们不断丰满着故事的架构：北京2008年奥运会主会场是"鸟巢"，火炬云游四方，踏遍五洲。

在2008年北京奥运会开幕式上，吉祥的神鸟，火神的使者又来到中国，飞回到"鸟巢"。"凤回巢"，一切是那么自然，一切又是那么合乎情理。为此，火炬设计得以通过北京奥组委同意。

一位"鸟巢"设计者说："当初我们在设计'鸟巢'

时，在'鸟巢'顶端安装一些设备，用于点燃圣火。"

而奥运会开幕式总导演张艺谋在接受采访时也说："要利用整个体育场，根据'鸟巢'的特点去构思，要做到'天人合一'。"

张艺谋无意中透露："根据开幕式点火方式的创意，我们就对施工中的'鸟巢'提出了要求，并特别安装了我们的东西。"

2008 年 6 月 27 日，"鸟巢"新增加项目的验收也通过了。

2008 年 6 月 28 日，"鸟巢"举行了简短而隆重的落成典礼。

在落成典礼上，市委书记刘淇、市长郭金龙为国家体育场落成揭幕。

刘淇及北京市市长、北京奥组委执行主席郭金龙为国家体育场参建单位颁发纪念证书，并为落成纪念柱揭幕。

三、 建成使用

- 此时此刻，整个"鸟巢"已经不分场内和看台，演员、歌手、运动员、志愿者和9万名观众，一起欢歌一起舞动。

- 盲人歌手杨海涛富有磁性的声音在"鸟巢"轻轻响起："我叫杨海涛，我是一个盲人，我的家在中国，假如给我3天的光明，我最想看到的是，爸爸、妈妈和你们。"

隆重举行奥运会开幕式

2008 年 8 月 8 日晚，举世瞩目的北京第二十九届奥林匹克运动会开幕式在国家体育场"鸟巢"隆重举行。

具有 2000 多年历史的奥林匹克运动与 5000 多年传承的灿烂的中华文化交相辉映，共同谱写人类文明气势恢宏的新篇章。

胡锦涛、江泽民、吴邦国、温家宝、贾庆林、李长春、习近平、李克强、贺国强等党和国家领导人，国际奥委会主席罗格、终身名誉主席萨马兰奇，以及来自世界各地的领导人和贵宾出席开幕式，同全场观众共同见证这一激动人心的历史时刻。

夜幕下，"鸟巢"造型的国家体育场华灯璀璨，流光溢彩。可容纳 9 万余人的体育场内座无虚席，群情激动。

开幕式正式开始前，来自一些省、自治区、直辖市和香港特别行政区、澳门特别行政区、台湾地区的表演团队，献上精彩纷呈的民族歌舞，把现场气氛渲染得十分热烈。

19 时 51 分，在欢快的乐曲声中，胡锦涛、江泽民和罗格等走上主席台，向观众挥手致意。全场响起长时间的热烈掌声。

一道耀眼的光环，照亮古老的日晷。体育场中央，

随着一声声强劲有力的击打，2008 尊中国古代打击乐器缶发出动人心魄的声音，缶上白色灯光依次闪亮，组合出倒计时数字。在雷鸣般的击缶声中，全场观众随着数字的变换一起大声呼喊：10、9、8、7、6、5、4、3、2、1……在一片欢呼声中，迎来了开幕式正式开始的时刻：20 时整。

2008 名演员击缶而歌，吟诵着"有朋自远方来，不亦乐乎"，表达对世界各地奥运健儿和嘉宾的欢迎。五彩的焰火沿北京南北中轴线次第绽放，呈现出象征第二十九届奥运会的 29 个巨大的脚印。

一个个燃烧的脚印穿过夜空，一路向北，在国家体育场上空幻化成飞泻而下的繁星，在地面会聚成闪闪发光的奥运五环，被空中轻盈起舞的"飞天"仙子缓缓提起……充满浪漫情调和独特创意的奥运五环展现方式，让现场观众深受感染和震撼。

"五星红旗迎风飘扬，胜利歌声多么响亮。歌唱我们亲爱的祖国，从今走向繁荣富强……"在清脆的女童歌声中，身着中国各民族服装的 56 名少年儿童，簇拥着鲜艳的五星红旗进入体育场。

20 时 12 分，全体起立，军乐队奏响中华人民共和国国歌，中华人民共和国国旗冉冉升起。现场观众放声高唱，嘹亮的国歌声在体育场内回荡。

灯光转暗，古琴声起，巨幅画轴缓缓展开，以"美丽的奥林匹克"为主题的大型文艺表演拉开帷幕。

艺术家们历经 3 年多精心准备的这台演出，以新颖的创意、浓郁的中国风情、富有感染力的表现手法，向世界奉献了一部奥林匹克与中华文明交融交汇的华丽乐章。

在清雅、悠远的古琴声中，黑色的身影在白纸上飞舞，如同一只无形的大手在挥毫泼墨，一幅中国水墨画随后在体育场中央缓缓升起。

手持竹简的 810 名士子，齐诵"四海之内皆兄弟也""三人行必有我师焉"，897 块活字印刷字盘变换出不同字体的"和"字与蜿蜒耸立的长城。

"画卷"、"文字"等节目含蓄隽永、意境悠远，形象地表现了中国文化的源远流长和印刷术等古代"四大发明"的不朽魅力。

移动的戏台上，在京胡、锣鼓的伴奏下，4 个京剧木偶和 800 名演员表演喜悦的凯旋场面；辽远无边的沙漠、波涛汹涌的海洋，陆上、海上"丝绸之路"的开拓者艰苦跋涉、破浪前行。

优美的昆曲声远远飘来，5 幅中国长卷画一一展开，身披彩衣的仙子婆娑起舞，32 座龙柱缓缓升起。

"戏曲"、"丝路"、"礼乐"等节目热烈奔放、辉煌壮观，生动展现了中华文化的博大精深。钢琴声清亮、欢快，1000 名演员扮成群星在舞台上欢舞，如同浩瀚的银河在流动，搭建起星光闪闪的"鸟巢"。

红衣少女放飞起美丽的风筝。太极表演刚柔相济、气势磅礴。天圆地方的太极阵里，天真烂漫的孩子唱着童谣，手持彩笔在水墨画上描绘出青山绿水和笑吟吟的太阳。五彩斑斓的鸟群展翅翱翔。

这些空灵简约、韵味深长的艺术表现，深刻体现了中国人民喜迎奥运的激动之情和对和平、和谐的真诚追求。

宏大的音乐骤然响起，浩渺的宇宙中，群星闪耀，蓝色的地球缓缓旋转，58 名演员在地球上奔跑、翻跃。

"我和你，心连心，同住地球村。为梦想，千里行，相会在北京⋯⋯"英国女歌手莎拉·布莱曼和中国歌手刘欢深情地唱起北京第二十九届奥林匹克运动会主题歌《我和你》。

体育场上展现出 2008 张世界各地儿童的笑脸，体育场上方的投影屏上也呈现出孩子们笑盈盈的脸庞。情真意切的主题歌和不同肤色儿童的笑脸，生动诠释了北京奥运会"同一个世界、同一个梦想"的主题。

21 时 10 分，运动员入场式开始。反映世界五大洲风格的乐队轮番奏响不同大陆的经典乐曲。

来自奥林匹克运动发源地的希腊代表团首先入场，其他国家和地区代表团按简化汉字笔画顺序先后进场。共有 204 个国家和地区的代表团参加本届奥运会。

此后 16 天里，来自世界各地的 1 万多名运动员将在五环旗下同场竞技。

陆续入场的运动员个个朝气蓬勃、精神抖擞，不时微笑着向观众挥手致意。现场观众用热烈的掌声和欢呼声欢迎他们的到来。

23时9分，做为东道主的中国代表团最后入场。中国体育代表团共1099人，其中参赛选手639人，创中国历届奥运会参赛人数之最，也是本届奥运会参赛运动员最多的代表团。

中国队持旗手、著名篮球运动员姚明拉着四川省汶川县映秀镇渔子溪小学二年级学生林浩的手，走在队伍最前列。

在汶川特大地震发生的那一刻，9岁的小林浩临危不惧，冲进废墟营救同学，被评为抗震救灾英雄少年。中国人民面对灾难展现出的坚忍不拔、顽强不屈，让全场中外观众备受感动。观众席上掌声雷动、欢呼不断，"中国加油"的呐喊声响彻体育场上空。

入场过程中，每个运动员都在体育场中央的画面上留下了彩色足迹。五颜六色的足迹与文艺表演留下的图画，共同构成了一幅"人类家园"的美丽景象。

北京奥运会组委会主席刘淇在开幕式上致辞，他说：

我代表北京奥组委，向来自世界各个国家和地区的运动员、教练员、来宾表示热烈的欢迎；向国际奥林匹克委员会、各国际单项体育组织，向参与北京奥运会筹办的建设者和工作者，向所有关心、支持北京奥运会的朋友们表示衷心的感谢。

刘淇说：

　　北京奥运会的重要使命在于促进世界各国文化的交流。我们真诚地希望，中华民族悠久的历史文化、热情好客的人民，能给朋友们留下美好的记忆。

国际奥委会主席罗格在开幕式上致辞。他感谢北京奥组委和成千上万志愿者不辞辛劳的工作。

罗格表示，我们处在同一个世界，我们拥有同一个梦想，希望本届奥运会带给大家欢乐、希望和自豪。

23 时 36 分，一个万众期盼的时刻到来了。

国家主席胡锦涛用洪亮的声音宣布：

北京第二十九届奥林匹克运动会开幕！

顿时，璀璨的焰火绽放夜空，激昂的旋律响彻全场，彩旗挥动，欢呼声经久不息。

8 位执旗手手持奥林匹克会旗入场。他们是我国不同时期优秀运动员的代表：

创造我国田径史上第一个世界纪录的女子跳高运动员郑凤荣，3 次打破百米蛙泳世界纪录的泳坛健将穆祥雄，多次获乒乓球世界冠军的张燮林，首次登顶珠穆朗玛峰的女运动员潘多，获得过13个世界冠军的羽毛球运动员李玲蔚，曾刷新10米移动靶项目奥运会纪录的射击运动员杨凌，连续在4届奥运会上摘金夺银的跳水运动员熊倪，实现我国冬奥会上金牌"零的突破"的短道速滑运动员杨扬。

80名身着民族服装的儿童，唱起奥林匹克会歌。奥林匹克会旗缓缓升起，和五星红旗一道在体育场上空高高飘扬。

在五环旗前，中国运动员张怡宁、中国裁判员黄力平分别代表全体参赛运动员、裁判员宣誓。

"我们在这里相逢，语言不同一样的笑容……"优美的歌声中，100名白衣少女和着节拍，交叉双臂、挥动双手，如同洁白的和平鸽振翅高飞。运动员和观众也和少女们一同舞起双臂，场内呈现万鸽齐飞的壮观场景，表达了人们对和平的殷切期盼。

23时54分，取自奥林匹亚的奥运圣火抵达国家体育场，激动人心的奥运圣火点燃仪式即将开始。

全场观众挥动彩色手电，宛如万点繁星，熠熠闪烁。

在过去四个多月里，奥运圣火穿越五大洲，传遍中华大地，首次登上世界最高峰珠穆朗玛峰，在两万多名中外火炬手的接力传递中，一路点燃激情，一路传递梦想。

8名火炬手高擎火炬，在体育场内进行最后的传递。

摘取中国奥运史上第一枚金牌的许海峰、中国第一位奥运会跳板跳水金牌获得者高敏、第一位夺得体操世锦赛个人全能金牌的中国选手李小双、中国举重史上唯一得过两枚奥运金牌的占旭刚、中国奥运史上第一枚羽毛球混双金牌获得者张军、中国首枚67公斤以上级跆拳道奥运冠军获得者陈中……一个个曾经创造辉煌的著名运动员，手举圣火在体育场内慢跑，受到全场观众的热烈欢迎。

第七名火炬手、曾为中国女排夺得"三连冠"立下汗马功劳的中国女排前队长孙晋芳举着火炬，来到体育场上的一个高台，等候在这里的著名体操运动员李宁将手中的火炬点燃。

高举火炬的李宁腾空飞翔，在体育场上空一幅徐徐展开的中国式画卷上矫健奔跑，画卷上同时呈现出北京奥运圣火全球传递的动态影像。

在空中奔跑的李宁来到火炬塔旁，点燃引线，巨大的火炬顿时燃起喷薄的火焰，熊熊燃烧的奥林匹克圣火把体育场上空映照得一片辉煌。

圣火点燃，全场沸腾。绚丽的焰火腾空而起，在体育场上空辉映成七色彩虹。奔放的音乐、热烈的欢呼震耳欲聋，现场气氛达到了高潮。

同一时间，北京各地4万余发焰火齐放。从灯火辉煌的奥运村，到古色古香的永定门；从巍然雄踞的居庸关长城，到花团锦簇的天安门广场，万紫千红的焰火如星空下的一条彩带，与国家体育场上空的焰火遥相呼应。

欢歌劲舞庆盛事，火树银花不夜天。这是 13 亿中国人民永难忘怀的时刻，这是现代奥林匹克运动又一辉煌的瞬间。历经 7 年的精心筹备，中国向世界奉献了一个共叙友情、同享和平的盛大庆典。

今夜，北京不眠！

今宵，世界同庆！

出席开幕式的各国各地区贵宾有：巴西总统卢拉、美国总统布什、菲律宾总统阿罗约、萨摩亚国家元首埃菲、塔吉克斯坦总统拉赫蒙、朝鲜最高人民会议常任委员会委员长金永南、越南国家主席阮明哲、韩国总统李明博、日本首相福田康夫、俄罗斯总理普京、泰国总理沙马、荷兰首相巴尔克嫩德等。

出席开幕式的党和国家领导人还有：王刚、王兆国、王岐山、回良玉、刘云山、刘延东、李源潮、汪洋、张高丽、张德江、俞正声、李瑞环、尉健行、李岚清、吴官正、罗干、何勇等。

香港特别行政区行政长官曾荫权、澳门特别行政区行政长官何厚铧出席了开幕式。

中国国民党荣誉主席连战、中国国民党主席吴伯雄、亲民党主席宋楚瑜也出席了开幕式。

另外，出席开幕式的还有国际奥林匹克委员会、各国际单项体育联合会负责人等。

隆重举行奥运会闭幕式

2008 年 8 月 24 日夜,北京告别了奥运,依依难舍;奥运大家庭团聚北京国家体育场"鸟巢",共同珍藏最美好的记忆。

挑战极限的激情,赢得胜利的荣耀,梦想成真的喜悦,超越自我的兴奋,不分国家、地域、种族、宗教的人们倾心交融的愉悦,会聚在"鸟巢",激荡在每个人的心中。

200 架威风锣鼓敲得震天动地,千余名银铃舞者雀跃旋转,让"鸟巢"充满清脆的铃声。疾驶的飞轮在场上穿梭而过,通体发光的弹跳飞人在"鸟巢"上空翻转腾挪。

204 个代表团的旗帜在夜风中飘扬,来自五大洲的运动员们携手涌入会场,9 万名观众热烈地呼喊,绚丽的烟花在空中绽放。

这一夜,是奥林匹克的狂欢夜。

万余名最优秀的运动员用自己的青春和热情,用汗水和全部身心,向"更快、更高、更强"的目标发起冲击,无论成功还是失败,对胜利的渴望让他们的欢乐如此酣畅。

带着无比的荣耀,肯尼亚运动员卡马乌登上男子马

建成使用

101

拉松的颁奖台。他以打破奥运纪录的成绩赢得了对于奥运会具有特殊意义的这块金牌。

如潮的掌声中，卡马乌和摩洛哥的贾·加里普和埃塞俄比亚的特·凯比蒂一起把浸透着汗水和心血的奖牌举在胸前，向全场和全世界的观众致意。

这样的场景，17天来已经数百次呈现于世界面前，每一次都让人心潮涌动。古老而现代的中国，似乎有一种神奇的力量，在奥运的赛场上诞生了一个个奇迹，实现了一次次突破。北京，书写了奥运历史上无与伦比的传奇。

更可喜的是，在本届奥运奖牌榜上，一次次出现历史性的"第一"：多哥、蒙古、阿富汗、巴林、巴拿马、塔吉克斯坦、塞尔维亚、苏丹、毛里求斯等国都赢得了从没有过的奥运金牌或奖牌。

主场作战的中国军团，不惧压力，顽强拼搏，以51块金牌跃居榜首，其大步流星地跨越令全世界瞩目。而众多并无奖牌的选手和代表团，也以自己最好的表现，实践着奥林匹克运动重在参与、公平竞争的追求。

中国学者于丹看过奥运会后，她说："每一个冠军或每一块奖牌的产生，每一场扣人心弦的比赛，都给了全世界观众一个集体欢呼的理由。整个奥运，成了全球最奢侈的狂欢。"

而在这个夜晚，为世界奉献了如此精彩的运动健儿们，终于可以一身清爽享受属于自己的狂欢。全世界最优秀的体育精英们，似乎都成了"过大节的孩子"。

他们身穿五颜六色的衣装，挥动手里的小旗，对着体育场各处的摄像镜头做鬼脸、送飞吻。

一位身穿红色队服的运动员，甚至像孩子似的坐在队友的肩上，"高高在上"地挥舞着双臂。

他们的笑脸让这个夜晚的"鸟巢"显得"美丽无比，浪漫无边"。

他们在"我参与、我奉献"中感受快乐，人们从他们的行动和快乐中感悟奥林匹克精神的弘扬。对奥运背后默默无闻的志愿者的礼赞，让今天的欢乐闪烁着人性的光芒。

22 岁的羌族姑娘李菊站在 9 万人围绕的颁奖台上，手里捧着国际奥委会委员献上的鲜花，心中百感交集。

"没有你们，就没有奥运会的成功。"这是奥运会历史上第一次为感谢作出巨大贡献的志愿者而专门举行的献花仪式。

和其他 11 位志愿者一起，李菊成为 170 万奥运志愿者的代表之一，她感到万分荣幸，更为所有同伴而无比自豪。

李菊是北京师范大学大三的学生，而她的家乡就在汶川大地震中损毁最为惨烈的北川县城。她的家，被埋在倾倒的山体下，妈妈、外公、舅舅、伯伯等共 16 位家人都在那场浩劫中与她阴阳两隔。

李菊说："这是我从没经历过的劫难，也是我人生最

建成使用

痛心的一段日子。"

但是，这位坚强而勇敢的女孩儿，在如此境遇下，却决不愿放弃奥运志愿者的职责。从 7 月 20 日开始，她在贵宾楼饭店担任交通服务志愿者，为奥运大家庭贵宾们的出行提供帮助和服务。

李菊说，她为了做一名奥运志愿者已经准备了 3 年。她说："能亲身经历，并尽自己所能参与和服务奥运，是一件最美好的事情。我知道，这也是离我而去的亲人们的愿望。"

李菊和众多志愿者用自己的奉献精神，用微笑，用细致的服务，赢得了来自全世界的交口称赞，也成为北京奥运会最美丽的一道风景。

和他们一样，在不同岗位上为奥运会兢兢业业，埋头苦干的建设者、服务者、管理者等不计其数。他们让全世界感受到"中国人民参与奥运的热情超乎想象"，而奥运精神依托他们在中国得以更深入的彰显和弘扬。

就在这个夜晚，就在"鸟巢"内外，每一个有需要的地方都可以见到志愿者忙碌的身影。他们中的大部分人从没有机会走进奥运场馆观看比赛，但他们用自己的手和自己的心托举起北京奥运的欢乐今宵。

17 天的同场竞技，17 天的友好相聚，17 天的交流交融，北京奥运以极大的魅力感染了所有参与者和八方宾客。惜别时分，全场的狂欢中流淌着真挚的祝福和希望。

"鸟巢"中央，一架舷梯静静地等待着。舷梯上 3 位即将踏上归程的运动员遥望着"鸟巢"顶部熊熊燃烧的奥运火炬。

他们中的一位慢慢打开手中的一幅"中国画卷"。

英国奥委会主席科林·莫尼翰用这样3个词谈及他对北京奥运的印象:"振奋、完美、富有历史意义。"

而国际奥委会执行主任吉尔伯特·费利曾连续用5个"满意",对开幕式、奥运村、场馆、交通、志愿者的表现赞不绝口。

北京用满腔热情兑现了郑重承诺,奉献了一届有特色、高水平的奥运会。

"同一个世界、同一个梦想"的口号,深刻诠释了奥林匹克精神,推动世界的相互理解,相互包容,相互合作,和谐发展。不同国家和地区、不同民族、不同文化的人们相聚北京,加深了了解,增进了友谊,实践了"绿色奥运、科技奥运、人文奥运",给后人留下了巨大而丰富的文化和体育遗产。

国际奥委会主席罗格在闭幕式致辞中,用了他认为更贴切的"新词"来如此颂扬北京奥运会:"这是一届真正的无与伦比的奥运会!"

舷梯上的运动员手里,"中国画卷"慢慢合上,高高矗立在"鸟巢"上空的北京奥运会主火炬火焰,在现场9万多人的注目下缓缓熄灭。

"我们的笑容,灿烂绽放,我们的依恋,溢出心房。今晚我们相聚在五环旗下,北京挽留着五大洲的目光。"

深情的歌声，在全场回荡，惜别之情，缓缓流淌。

此时此刻，整个"鸟巢"已经不分场内和看台，演员、歌手、运动员、志愿者和 9 万名观众，一起欢歌一起舞动。很多人情不自禁地相拥在一起，拍照留念，握手签名，相约在 4 年后伦敦的奥运之夜。

京城夜空，礼花齐放，五彩缤纷；

神州大地，海峡两岸，普天同庆。

而在遥远的英国伦敦，数万民众会聚在广场的大屏幕前，与北京一起欢庆，与全世界一起期待下一次奥运盛典的降临。

在世界各地，难以计数的人们为迎接自己的奥运之星凯旋而欢腾！

奥林匹克之火点亮世界的心灵，奥林匹克的星光闪耀寰宇。

北京，再见！奥林匹克，永恒！

隆重举行残奥会开幕式

2008年9月6日晚，盲人歌手杨海涛富有磁性的声音在国家体育场"鸟巢"轻轻响起："我叫杨海涛，我是一个盲人，我的家在中国，假如给我3天的光明，我最想看到的是，爸爸、妈妈和你们。"

随着杨海涛这句发自肺腑的话语，北京2008第十三届残奥会开幕式隆重举行。

来自140多个国家和地区的4000多名残疾人运动员成为舞台的主角，尽情地享受这个属于他们的节日。

象征着光明和温暖的太阳鸟，闪烁着无数"星星"的银河，在书页的翻合中更迭的四季，还有盲人歌手送上的天籁之音，让"鸟巢"全场的观众和全世界感受到童话般的另一个世界。

残奥会开幕式用梦幻般的色彩、诗意的表演，充分诠释了"超越、融合、共享"的理念。

从开幕式倒计时到"鸟巢"主火炬被点燃，开幕式上的亮点纷至沓来，不断带给观众惊喜和感动。

也许，全世界的观众还对奥运会开幕式上千人缶阵带来的动人心魄的倒计时记忆犹新，但残奥会却别出心裁地将这万人瞩目的时刻交给了5个可爱的孩子。

当残奥会倒计时一分钟的时刻到来，伴随着天安门广场 5 次升腾的焰火，在"鸟巢"内的两个大屏幕上先后出现了来自五大洲不同肤色的 5 位儿童，他们每隔 10 秒就举起一块写有"60"、"50"、"40"字样的纸牌进行倒计时。

最后 10 秒倒数时，"鸟巢"上空用焰火打出了从 9 到 1 的数字，以别致的方式迎来了北京残奥会的开幕。

这个充满童趣和活力的倒计时，不仅体现了"同一个世界、同一个梦想"的主题，也代表了人们对全世界残疾人的这次盛会的期待和祝愿。

国际残奥会主席克雷文先生用流利的中文下达起跑命令："各就各位，预备！"

身着五彩服装的 350 名"卡通人"跑入场内，别出心裁的卡通造型和活泼生动的舞蹈，迅速点燃了全场的热情。

"卡通人"在场内快活地忙碌着，他们在"鸟巢"中央组成残奥会会徽的图案，并和 609 名手执彩绸的演员一起迅速在国家体育场内搭设起了一条七彩的跑道。这是残奥会历史上最特别的一条"跑道"，表演者用他们的身体，铸就了残疾人运动员奔向梦想的一条大道。

和奥运会开幕式程序有所不同的是，残奥会开幕式先进行运动员入场仪式，然后再进行文艺表演，以便残疾人运动员观看表演和参与互动。

在一个多小时的入场仪式中，全场观众用持续不断的热情表达着对残疾人运动员的欢迎。

入场后，所有运动员还得到了闪光棒、奥运会会旗等道具，方便他们参与互动。设有轮椅的运动员被引导到附近的看台就座，以便他们舒适地观看表演。

东道主的热情也得到了运动员们热情的回应。

同奥运代表团一样，日本残奥运动员入场时，特意拿了中国和日本两面国旗，向中国人民致意。

德国代表团中的两名运动员还举起了一面德国国旗，上面用中文写着："北京，你好!"

在开幕式表演中，首先出现的是一只象征着光明和温暖的"太阳鸟"。"太阳鸟"是代表中华文化的典型符号之一，它出现在"鸟巢"，将温暖和光明传递给残疾人。

太阳鸟从"鸟巢"顶部缓缓飞来，飞到了歌手杨海涛身边。

杨海涛是一名盲人，但他从未停止过对歌唱梦想的追寻。开幕式上，他用中英文合唱的《天域》打动了全世界的观众。

残奥会的开幕式上有很多演员都看不到"鸟巢"的壮美，看不到为他们鼓掌呐喊的观众，甚至看不见自己的装扮和参与的演出，但是他们用微笑告诉了我们：他们很快乐，他们很幸福。因为，他们在实现着自己的梦想。

"今夜的星星，比任何时候都多，比任何时候都美，我在星光下显得格外美丽。"

在 50 名手语老师的带领下，300 名聋人姑娘演绎了大型手语舞蹈《星星你好》。她们用手语和肢体诉说着自己的梦想：每个人都有属于自己的一颗星，不论身体残疾还是健全，生命的星光都一样璀璨。

而全场 9 万多名观众也用手中的手电筒，为姑娘们营造出了一个最美的星空。

李月原本是一个学芭蕾的孩子，她在四川汶川大地震中失去了左腿，承受着巨大的内心苦痛。然而，李月一刻也未放弃对芭蕾的追求，一刻也未放弃对理想的追求。

开幕式上，只有 12 岁的李月和中国残疾人艺术团的聋人艺术家以及芭蕾王子吕萌的合作，为全世界的观众奉献了一场感人的芭蕾舞表演。舞蹈所传递的残疾人自强不息，朝着最美好的梦想奔跑、永不放弃的理念，深深地感动了所有的人。

北京奥运会的开幕式点火方式让人意想不到，残奥会的点火方式更是让人意外。

中国残奥史上首枚金牌获得者平娅丽在可爱的导盲犬的帮助下，将圣火传给了最后一棒火炬手侯斌。

侯斌坐在轮椅上，通过双手一点一点地拉动绳索，将自己升到"鸟巢"上空，点燃了圣火。

侯斌艰辛的上升过程，也牵动了所有观看点火仪式的观众的心。全场的观众不约而同地齐声高喊："加油！加油！"

侯斌的每次爬升，都是残疾人奋力挣脱不公命运的见证，也是残疾人自强不息、超越自我的象征，而这也正是本届残奥会的主题之一。

"衔一缕清光，送进所有人的心房，捧一缕阳光，温暖所有人的胸膛，和梦一起飞翔……"

残奥会感情真挚的主题歌，飞出万人共聚的"鸟巢"，飞出 13 亿人的中国，融入世界人民的心里，成为永久的记忆。

隆重举行残奥会闭幕式

2008 年 9 月 17 日晚，第十三届残奥会闭幕式在国家体育场"鸟巢"隆重举行。

来自世界各国各地区的数千名残疾人运动员、教练员和来宾同现场 9 万多名观众一起热烈庆祝北京残奥会取得圆满成功。

党和国家领导人胡锦涛、江泽民、吴邦国、温家宝、贾庆林、李长春、习近平、李克强、贺国强、国际残奥委会主席克雷文，国际奥委会主席罗格，以及来自世界各地的贵宾出席闭幕式。

"两个奥运、同样精彩"是中国对世界的庄严承诺。北京残奥会出色的赛事组织、完善的无障碍设施、人性化的服务，赢得了运动员、教练员和国际社会的广泛赞誉。

在残奥会赛场上，来自 147 个国家和地区的 4000 多名残疾人运动员顽强拼搏、奋勇争先，刷新了 279 项残疾人世界纪录和 339 项残奥会纪录。中国体育代表团获得 89 枚金牌、211 枚奖牌，名列金牌榜和奖牌榜首位，创造了中国体育代表团参加残奥会以来的最好成绩。

当晚的国家体育场"鸟巢"内，洋溢着热烈、喜庆的气氛。

19 时许，各代表团运动员从 4 条通道同时入场，现场观众纷纷鼓掌，向他们表达由衷的敬意。

每个观众座位上都有一张印着香山红叶的明信片，1000 名卡通"邮递员"以幽默诙谐的动作，热情邀请现场观众和运动员在明信片上写下祝福的话语和邮寄的地址，然后将这些明信片收集在一起，寄往世界各地。

19 时 56 分，在欢快的乐曲声中，胡锦涛、江泽民和克雷文、罗格等来到主席台，向观众挥手致意。全场响起热烈的掌声。

体育场内的两个电子屏幕上，展现出北京残奥会的一个个难忘的瞬间。一束束焰火从不同方向腾空而起，在"鸟巢"上空绽放，北京残奥会闭幕式正式开始。

军乐团奏响中华人民共和国国歌，鲜艳的五星红旗在雄壮的国歌声中冉冉升起。

147 名旗手手持参加北京残奥会各代表团的旗帜，在全场观众的热情欢呼声中入场。

随后，举行了"顽强拼搏奖"颁奖仪式。巴拿马田径运动员赛义德·戈麦斯和南非游泳运动员纳塔莉·杜托伊特获得北京残奥会"顽强拼搏奖"。在北京残奥会赛场上，他们和其他运动员一起用自己的行动实践着"超越、融合、共享"的理念。

随后，5 位新当选的国际残奥委会运动员委员会委员代表全体运动员向 12 名北京残奥会志愿者代表献花。

北京残奥会期间，3 万多名赛会志愿者和几十万城市

建成使用

志愿者用灿烂的笑容、真诚的服务感动着每一个人。国际残奥委会为此决定，在闭幕式上特别增设这项仪式，感谢广大志愿者的辛勤付出。

丝竹悠扬，灯光在体育场中央勾勒出一片绿色的草地。大型文艺演出开始了。

整场演出以一封"给未来的信"为红线，向全世界残疾人朋友送去中国人民最诚挚的祝福：自强不息，收获幸福。

绿草地上，黄色小花渐次开放，显现出中英文"给未来的信"字样。纷纷扬扬的香山红叶从天而降，黄衣少女翩翩起舞，在草地上装点出一个巨大的"信封"。

文艺表演《香山红叶》抒发了中国人民对所有残疾人运动员的深情眷恋。不同肤色的"布娃娃"演员，簇拥着一位老人进入草坪中央，伴着舒缓的旋律，伸手摘下天上的"星星"种在地上，地上顿时星光闪烁、五彩缤纷……

文艺表演《播种》凸显了播种残奥精神、播撒光明和希望的深刻主题。

芳草地上，"发丝树冠"少女如同流动的清泉，浇灌着长椅上沉思的"铜雕人"，一位白衣少女怀着喜悦的心情阅读手中的信件；晨雾缭绕田野，鲜花绚丽绽放，盲人演奏家用优美的笛声描绘出自然和谐的田园风光；草帽少女婀娜起舞，阳光男孩抛起草帽，一顶顶金色的草帽在天空中飞舞……

文艺表演《浇灌》、《收获》、《欢庆》色彩斑斓、温馨感人，让全场观众深受感染。

激情澎湃的音乐声中，上百名"邮递员"徐徐升空，如同传书鸿雁在空中飞翔。

与此同时，卡通"邮递员"将现场观众写好的明信片投进场内的邮筒。一张张明信片，满载着北京的祝愿寄往远方……

文艺表演《寄往未来》场面壮观、气势恢宏，将整场演出推向高潮。

文艺演出结束后，北京奥组委主席刘淇致辞：

> 我代表北京奥组委，向所有参加北京残奥会的运动员表示热烈的祝贺，向国际残奥委会、各国家和地区残奥委会、各国际残疾人单项体育组织和乐于奉献的志愿者，以及所有为北京残奥会作出贡献的朋友们表示衷心的感谢。他说，在北京残奥会圣火即将熄灭的时候，我们真诚地祝愿：以激情点燃的熊熊火焰，化作绚丽的彩虹，联结起深厚的友谊，传递出人间大爱。

国际残奥委会主席克雷文在闭幕式上致辞。

克雷文称赞北京残奥会是有史以来最伟大的一届残奥会，希望所有运动员、教练员和官员把北京残奥会独

115

一无二的体育精神带往地球的四面八方，以此鼓励更多的人参与运动，结交朋友，点燃心灵之火。克雷文宣布北京 2008 年残奥会闭幕，并号召世界各地的残奥选手 4 年后相聚伦敦。

最后，克雷文用中文饱含深情地大声说："谢谢香港，谢谢青岛，谢谢北京，谢谢中国！"

在英国国旗升起后，国际残奥委会会旗伴随着国际残奥委会会歌声徐徐降下。

国际残奥委会会旗交接仪式开始。北京市市长郭金龙从执旗手手中接过会旗，向全场观众挥动，然后交到克雷文手中。

克雷文将会旗交给 2012 年残奥会主办城市英国伦敦市市长鲍里斯·约翰逊。

随后，现场进行了伦敦接旗演出。撒满红叶的跑道上，一辆伦敦标志性的双层巴士缓缓驶来。激情昂扬的鼓乐，节奏明快的街舞……

精彩的表演赢得了观众热烈的掌声。

此时，全场灯光转暗，残奥会圣火格外明亮。体育场中央的草坪上，聋哑女童用手语与圣火对话："圣火啊，看见了吗？你在我心中燃烧；圣火啊，听到了吗？我在用心为你歌唱！"

在充满深情的倾诉中，熊熊燃烧的北京残奥会圣火渐渐熄灭……

伴随着《与梦飞翔》的童声合唱，126 名聋哑演员分成 6 组，表演起手语舞蹈《千手观音》。一只只手臂有节奏地打开、挥舞，像一道道闪烁的光芒，象征着残奥会圣火永远在人们的心中燃烧。

璀璨的焰火映亮了夜空，变幻出垂柳的造型。杨柳依依，情意切切，表达了中国人民对世界各地残疾人运动员和来宾朋友依依不舍的深情和诚挚美好的祝愿。

夜色之中，一轮"明月"缓缓升起。全场演员和志愿者手拉着手，跳起了欢快的舞蹈。观众们纷纷起立，热烈欢呼，场内一片沸腾。

当晚，胡锦涛在欢迎出席北京残奥会闭幕式国际贵宾的宴会上发表祝酒词，他说：

> 今晚，北京残奥会将落下帷幕。我谨代表中国政府和人民，对各位嘉宾莅临北京残奥会闭幕式，表示热烈的欢迎！对所有为北京残奥会成功举办作出贡献的朋友们，表示诚挚的谢意！对各国各地区残疾人运动员在北京残奥会上取得佳绩，表示衷心的祝贺！
>
> 在过去的 12 天里，各国各地区残疾人运动员积极参与北京残奥会各项活动，展现了自强不息、乐观进取的精神风貌，谱写了壮丽辉煌的生命赞歌。中国人民认真履行对国际社会的郑重承诺，以极大的热情欢迎各方嘉宾，向世界奉献了一届有特色、高水平的残奥会。中国

117

人民和世界各国人民共同分享了北京残奥会的成功和欢乐。

残奥会是世界各国残疾人朋友的体育盛会，也是人类超越自我、珍视参与、享受快乐的人文盛会。北京残奥会所坚持的超越、融合、共享理念，代表着各国人民的美好愿望，为世界残疾人事业留下了宝贵的精神财富。

中国政府和人民将以北京残奥会为契机，一如既往发扬人道主义精神，进一步推动中国残疾人事业全面发展，并同世界各国政府和人民一道努力，共同推进世界残疾人体育运动和残疾人事业。

……

北京奥运会、残奥会弘扬了团结、友谊、和平的奥林匹克精神，展现了世界人民交流合作的和谐图景，促进了中国人民同世界各国人民的相互了解和友谊。中国将坚定不移推进改革开放，始终不渝走和平发展道路，始终不渝奉行互利共赢的开放战略，同世界各国一道努力，共创世界美好未来！

……

本书主要参考资料

《奥运，看场馆》法制晚报社编著 清华大学出版社

《让历史记住今天——北京城建集团奥运场馆建设纪实》北京城建集团有限责任公司 内部发行

《百姓故事，鸟巢》［DVD］中国国际电视总公司包装 中国国际电视总公司出品

《建筑奇观中国篇："鸟巢"国家体育场》［DVD］五洲传播音像出版社

《鸟巢·2008——中国新闻社的奥运记忆》中国新闻社编著 东方出版社

《华章凝彩：新建奥运场馆》清华大学建筑设计研究院主编 中国建筑工业出版社